馬上駿兵

重箱の隅から読む名場面

新典社新書 74

目　次

はじめに

「重箱の隅をつつく」という言葉がありますが、これは通常あまり良い意味に用いられることはないように思います。どうでも良いこと、取るに足りない些細なこと、大局とは無縁のただの揚げ足取り……といったニュアンスの感じられる言葉です。

文学作品を読むうえで大事なのは、作者がその作品で何を言いたかったのか、どんな思いでその作品を書いたのか、ということであって、言葉の意味だけわかっても仕方がない、というような意見を、往々にして聞くことがあります。けれども、何となく雰囲気だけで読んで理解したようなつもりになったとしても、それが本当に作者の言いたいことだったのかどうか、どうしたらわかるのでしょうか。

文学は言葉で創り上げられた芸術作品です。作者たちは、一言一句に工夫を凝らして、無駄な言葉などひとつもないくらいに研ぎ澄まして作品を書いているはずです。だとしたら、そういう一言一句の細かいところに気を配りながら作品を読まなければ、その作品に何が書かれているかを知ることはできないでしょう。

本書のタイトルに、あえてマイナス・イメージのある言葉を選んだのは、逆説的に、一見何でもなさそうなさりげない言葉から、作品を読み解いて行こうという提案です。多くの人が気にも留めずに読み飛ばしてしまうような何気ない言葉にも、様々な工夫が凝らされている――タイトルの譬えに引き寄せて言えば、むしろ重箱の隅にこそ、おいしいものが詰め込まれているのではないか、と思います。

そんなせっかくのおいしいご馳走を、箸も付けずに残してしまったら勿体ないと思いませんか。これから皆さんと一緒に、重箱の隅に詰まっているご馳走をつついてあじわってみようと思います。

大根の月

——向田邦子『思い出トランプ』より——

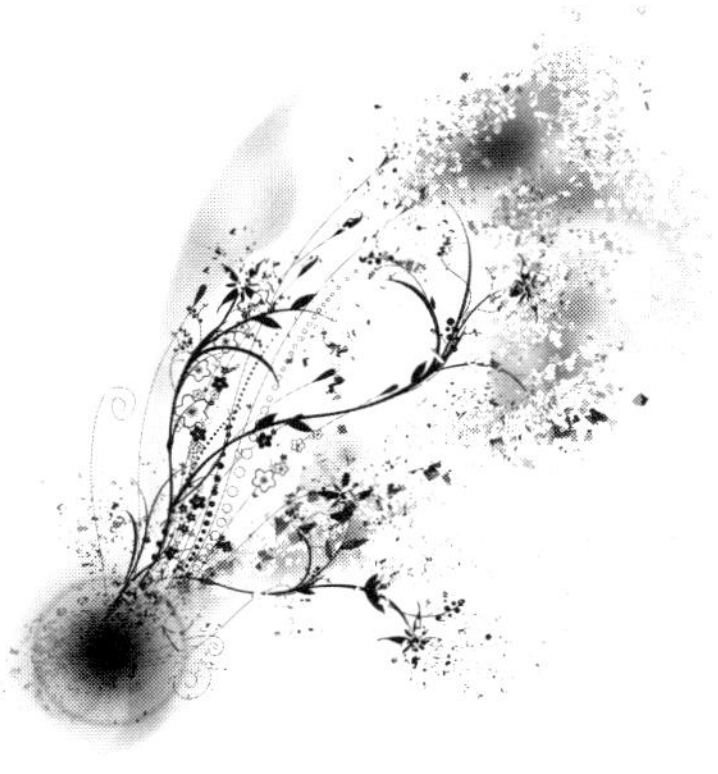

昼の月

まずは、向田邦子の短篇集『思い出トランプ』に収められている『大根の月』という作品を取り上げることにします。『思い出トランプ』の中の各篇には、それぞれ強い思い入れをお持ちの方も多いようですが、この『大根の月』も、非常に人気の高い作品のひとつだと言って良いでしょう。

この作品では、昼間の空に浮かんでいる月が、大きな役割を果たしています。作品の中で、最初に「昼の月」が出て来る場面を引用します。

英子が別れた夫の秀一と一緒に昼の月を見たのは、結婚指環を誂《あつら》えに出掛けた帰りである。

数寄屋橋《すきやばし》のそばにあるデパートを出たところで秀一は煙草を買い、英子は、

「あ、月が出ている」

と空を見上げた。

その時に見えた月の様子は、こんなふうに描かれています。

ビルの上にうす青い空があり、白い透き通った半月形の月が浮んでいた。

「あの月、大根みたいじゃない？　切り損った薄切りの大根」

この「昼の月」を見た後で、英子は秀一に、「切り損った薄切りの大根」の思い出話をします。それは、子供の頃、祖母から悪く言われるのが嫌で、大根の薄切りの切り損ないが出来ると、見つからないようにすぐに食べてしまう癖がついた、という話なのですが、そこにはこう書かれています。

秀一にこのはなしをしたのは、有楽町の喫茶店である。

さて、ここまでのところから、一体どんなことがわかるでしょうか。

いきなりそんなことを言われても、これっぱかりの情報では、わかることなんてほとんどない、という気になるかもしれませんけれども、実際のところはどうなのか、少し考えてみることにしましょう。

昼間に月が出ていたこと、その月が「半月形」だったこと、月を見た後で喫茶店に入ったこと……。それはそのとおり書かれているのですから当たり前です。それから、月が見えていたのですから、天気が良かったのだろうことも、想像ができます。では、ほかにわかることはないでしょうか。

著者は、二人がこの「昼の月」を見た場面の時刻が午後二時半か、もう少し後の時刻だったのではないか、と考えます。そんなことは作品の中のどこにも書かれていませんけれども、デパートから出た後で喫茶店に入るのですから、そのあたりの時刻をイメージしやすいのではないでしょうか。それに、もっと早い時刻なら、昼食を食べる方が自然だと言えないこともありません。

もっとも、そう言われれば何となくそうなのかもしれないと思ってくださる方ばかりではなくて、逆に、何を当てずっぽうで適当なことを、と思われる方も大勢いらっしゃるでしょう。午前中から開いている喫茶店はいくらでもあるわけですし、その喫茶店で昼食を食べていないとも言い切れないのですから、それもごもっともで、そんなイメージだけでは、到底決め手にはなりません。そういうことを言うためには、もっと確かな根拠が必要です。ですが、何となく、でも、適当に、でもなく、ある程度の確からしさで、そういうことが言えるのです。

旧暦と月

この場面を考えるのに、実は、古典の作品を読む際には当たり前の、いわゆる古典常識が役に立つのです。

古典の作品には、月の描写が良く出てきます。『竹取物語』のかぐや姫の昇天とか、『伊勢物語』の「月やあらぬ……」の名歌（第四段）など、月の印象深い場面の思い浮かぶものは、枚挙に暇《いとま》がありません。現代では、「中秋の名月」くらいは意識するにしても、あとは、「半月」がいつ出るのか、どうして「三日月」なんていう名前なのか、気にしたことのない方もいらっしゃるのではないかと思いますけれども、こういうことは、ごく初歩的な古典常識の一つです。古典の時代には、現代に比べて、月が生活により密着していたわけですが、それは、暦に関係しています。

地球が太陽の周りを廻る公転の周期を基に作られている現在の暦と違って、古典の時代には、月の満ち欠けの周期を基に作られた暦が使われていました。一般に「旧暦」と呼ばれるもので、明治六年（一八七三）に現在の暦に切り替えられるまで、月を基にした暦が長く使われていたのです。

ここで旧暦について、大雑把に説明しておきますと……、月の満ち欠けの周期は約二九・五日で、これを一箇月とします。一日に満たない半端な分があるので、実際には若干のずれは発生するのですけれども、一箇月を二九日か三〇日にすることによって調整していますから、基本的には日付と月の形は一致していて、三日なら三日月が、一五日なら一五日の月、つまりは満月が、空に出ていることになります。これは言い方を変えると、月の形を見れば、その日が何日なのかがわかるということでもあります。

もうひとつ、最初に引用した場面を理解するうえで大事なのが、月は、その形（月齢）が同じなら、同じ時刻に昇って、同じ時刻に沈むということです。厳密には季節によって多少の誤差はありますけれども、大きく何時間もずれるということはありません。たとえば、一五日の月なら、午後六時頃に昇って、午前六時頃に沈みます。ですから、満月が昼の空に出ている、というようなことは、たとえ何月であったとしても、けっして起こらないのです。

先ほど名前をあげた『竹取物語』の、かぐや姫を月の都の人々が迎えに来る有名な場面を引いておきます。

かかるほどに、宵《よひ》うち過ぎて、子《ね》の刻《とき》ばかりに、家のあたり、昼の明《あ》かさにも過ぎて、光りたり。望月の明かさを十合《とを》はせたるばかりにて、在《あ》る人の毛の穴さへ、見ゆるほどなり。

（こうしているうちに、宵も過ぎて、子の刻ごろに、家のまわりが、昼間の明るさにも増して、光っている。満月の明るさを十個合わせたほどで、そこにいる人の毛の穴まで、見えるほどだ。）

この場面は、八月一五日の出来事です。「子の刻」というのは午前〇時ですから、月がちょうど南天した時分です。かぐや姫は、天高く昇った月に向かって還って行ったことがわかるのです。作品の本文には直接そういうふうには書いてありませんけれども、当時の読者が間違いなくそれを読み取ることができたという意味からいえば、それも「書かれている」ことだと言えるでしょう。

さて、月の出、月の入の時刻は、一箇月後に元に戻るわけですから、おおよそ五日間に四時間ほどずつずれる計算になります。今、一五日の月の例をあげましたけれども、その五日前の一〇日の月なら月の出は午後二時頃、さらに五日前の五日の月なら午前一〇時頃、ということです。

この作品に出て来る「半月形の月」なら、七日前後の月でしょう。この頃の月は、別名「上弦《じょうげん》」の月とも呼ばれます。半月を弓を引いた時の形に喩えているのですが、沈む時に弓の弦《つる》に当る側（平らな方）が上に来るからだとも、単に月の上旬に出るからだとも言われます。この形の月の月の出はおおむね午前一一時半頃ですから、それ以降の時刻なら「昼の月」が出ていた可能性があることになります。その限りでいえば、二人が午後二時半よりももっと前、正午前後の時刻に喫茶店に入った可能性も、まったくないとは言えないかもしれません。

ビルの上の月

それではもう一度、作品に描かれた月の様子を見てみましょう。先ほど引用した箇所には、「ビルの上にうす青い空があり、白い透き通った半月形の月が浮んでいた」と書かれていました。数寄屋橋界隈の風景をご存じの方ならおわかりでしょうけれども、周囲にはビルが建ち並んでいます――当時は今ほど高層のものはなかったでしょ

「上弦」の月の月の出の時刻

月日	月齢	月の出
1月 5日	6.8	11:09
2月 4日	7.1	11:05
3月 6日	6.5	11:26
4月 4日	7.0	11:15
5月 3日	6.6	11:10
6月 2日	7.3	12:04
7月 1日	7.0	11:52
7月30日	6.7	11:35
8月29日	7.4	12:10
9月27日	6.9	11:47
10月27日	7.3	12:03
11月25日	6.6	11:23
12月25日	6.9	11:10
平均	6.9	11:33

自然科学研究機構国立天文台編『理科年表/平成29年』(2016年11月30日発行,丸善出版)の「暦部」による2017年の月齢7日前後の月の出の時刻。暦の上では「上弦」が月齢7日からずれることがあるけれども,その場合は月齢を優先した。

うが――から、月の出の直後の時間帯には、月はその陰に隠れて見えないはずです。

月は一時間に一五度ずつくらい昇り（沈み）ます。ですから、午後一時半頃には三〇度ほどの高さ、午後二時半頃には四五度ほどの高さにあることになって、恐らく先ほど書いたとおり、二時半前後の時刻になると、ちょうど「ビルの上に」「半月形の月が浮んでいる見当になるでしょう。

さらにもう一時間経って午後三時半頃になると、六〇度ほどの高さまで昇ります。感覚的なところにはなりますけれども、ここまで昇ってしまうと、「ビルの上に」という表現とは、若干そぐわなくなるような気がします。二時半ぴったりの時刻とまでは言えないとしても、その前後三〇分ずつ程度の範囲の中で考えることは、あながち根拠のないことではないのです。

なお、「半月形の月」は、一箇月の内にもう一回、二二日前後にも現われます。これを「下弦《かげん》」の月（沈む時に弓の弦に当る側が下に来るからだとも、月の下旬に出るからだとも）と言いますが、この頃の月は、先ほどの「上弦」とは逆に、午前一一時半過ぎには沈んでしまって、月の出は半日後の午後一一時半頃です。

月の入の間際の時間帯には月はビルの陰に隠れるだろうことと、デパートの開店時刻を併せて考えると、この線はなさそうです。開店直後なら――一般的には午前一〇時頃と考えて良いでしょうが――、もしかしたらかろうじて「昼の月」を見ることができる場合があるかもしれませんけれども、もしそうだとしたら、結婚指環を誂えるのに、デパートの開店と同時にお店に駆け込んで、五分か一〇分で匆々《そうそう》にすべて済ませて外に飛び出さなければなりませんから、かなり無理があります。ふつうに考えれば、「下弦」の月の頃なら、デパートを出た頃には間違いなく沈んでいただろうと思います。それ

「下弦」の月の月の入の時刻

月日	月齢	月の入
1月20日	21.8	11:23
2月19日	22.1	11:06
3月21日	22.5	11:10
4月19日	22.0	10:42
5月18日	21.6	10:24
6月17日	22.3	11:13
7月16日	22.0	11:09
8月14日	21.7	11:09
9月13日	22.4	12:17
10月12日	21.9	12:14
11月11日	22.3	12:39
12月10日	21.6	11:57
平均	22.0	11:26

前表と同じく『理科年表/平成29年』による2017年の月齢22日前後の月の入の時刻。前表の記載を参照のこと。

に、そこまで急ぐ必要があったのなら、その後でのんびり喫茶店に入るのも、どうにも辻褄が合いません。ですから、二人が見た「昼の月」は、七日頃の月だったと考えるのが合理的です。

この場面は、恐らく少し早めの昼食――二人で一緒に、だったかどうかはわかりませんが――を済ませてからデパートに入って指環を誂えて、その後で喫茶店で一服、というような設定なのでしょう。デパートを出た時、午後二時半頃に「切り損った大根」のような形の月を見て、三時前頃には喫茶店に入ります。そこで一時間ばかり寛いだのでしょう。そして、その後で秀一の母親の住む家に行くのです。

このはなしは、その夜のうちに姑《しゅうとめ》に披露された。

指環を誂えたことを報告かたがた夕食を一緒にしたのだが、食卓にのっていたのが、手料理ではなく店屋ものの寿司桶だったから、姑の顔は感心しながらもすこしこわばってみえた。

姑の家がどこにあるのかは書かれていませんけれども、銀座にほど近い都心に住んでいるのでない限り、時間の推移も、ごく自然です。姑は女手ひとつで秀一を育て上げたのですから、都心で裕福な生活を送っていたわけではないと考えた方が良いでしょう。作品の中でも、秀一が僅かなお金の出入りにも神経質な人物として描かれていますし、英子が少年時代の秀一の姿を想像した場面にも、「アパートの卓袱台《ちゃぶだい》の前で」とあります。秀一が、「アルバイトというアルバイトはみんな経験し」、「大学は働きながらの夜間部」だったという記述からも、そのことが裏づけられます。それに、英子が夕食後に自分の家に帰るだろうことを考えれば、それほど遅い時間帯に夕食を用意することはなかったでしょう。銀座から一時間前後掛かって姑の家に着いたとすれば、間もなく夕食を食べてもおかしくない時刻になります。先ほど、二人が見た「半月形の月」が「下弦」ではないだろうということを書きましたけれども、姑の家に行って食べたのが夕食だったということからも、この推測を裏づけることができます。

作者は、二人のこの日の行動を描写するのに、時刻を明示していませんけれども、ばらばらの場面を都合良く適当にくっつけて羅列しているのではなくて、きちんと時間の推移を描いているのです。こういうことは、文字としては書かれていませんけれども、実は作品の表現の中に「書かれている」ことなのです。そういうところまで考えて行くと、作品が、より面白く読めて来るのではないかと思います。

再び、昼の月

この作品では、最後にもう一度、「昼の月」が重要な要素として描かれます。


「戻ってくれ。頼む」

別れぎわにそう言って、秀一はバスに乗った。

よく晴れた昼下りである。英子はゆっくりと街を歩いた。

戻ろうか、どうしようか。一番大切なものも、一番おぞましいものもあるあの場所である。
空を見上げて、昼の月が出ていたら戻ろうと思い、見上げようとしても、もし出ていなかったらと不安になって、汗ばむのもかまわず歩き続けた。

英子は、秀一からの復縁の頼みを受け入れるかどうかを、「昼の月」が出ているかどうかに賭けようとします。そして、そう思いながらも、空を見上げることができないまま歩き続けるところで、作品は終わります。

この場面で、空を見上げた時に「昼の月」がほぼ確実に見えるのか、そうではないのかによって、空を見上げなかった英子の行動の意味合いは、大きく変わってくるはずです。「昼の月」が見える確率が高ければ、空を見上げれば秀一の許に戻れることになりますし、低ければ、空を見上げれば戻れなくなってしまうかもしれないことになります。戻れるのにそれを決断することができずにいるのか、戻ることができなくなるのを恐れているのかの違いが出て来るわけです。この場面を読むうえで、「昼の月」がどの程度の確率で見えたのか、ということを、疎《おろそ》かにして良いはずがありません。

ここまで読んでいただいた読者の皆さんなら、「よく晴れ」てさえいれば、かならず「昼の月」が見えるわけではないことが、もうおわかりのことと思います。果たして、空に月はあったのか、それともなかったのか……。この場面で設定されている「昼下り」という時刻を、良く考えてみる必要があります。

「昼下り」……ふつう、午後二時頃を指すことが多い言葉ですから、その時刻として、考えてみます。

先ほど、一〇日の月の出が午後二時頃だと書きましたが、これ以降の月であれば、午後二時にはまだ月の出を迎えていませんから、見ることができません。もっと日が経って、月の入が午後二時以降になれば見えるようになりますけれども、それは、二五日の月の頃のことです。つまり、午後二時の時点で月が出ているのは、二五日以降、翌一〇日以前の半月ほどの間だということです。
ただし、この期間の中には新月も含まれていますし、その前後の極めて細い月が、昼間に容易に見分けることができるかどうかも疑問です。

月の出・月の入の時刻の目安

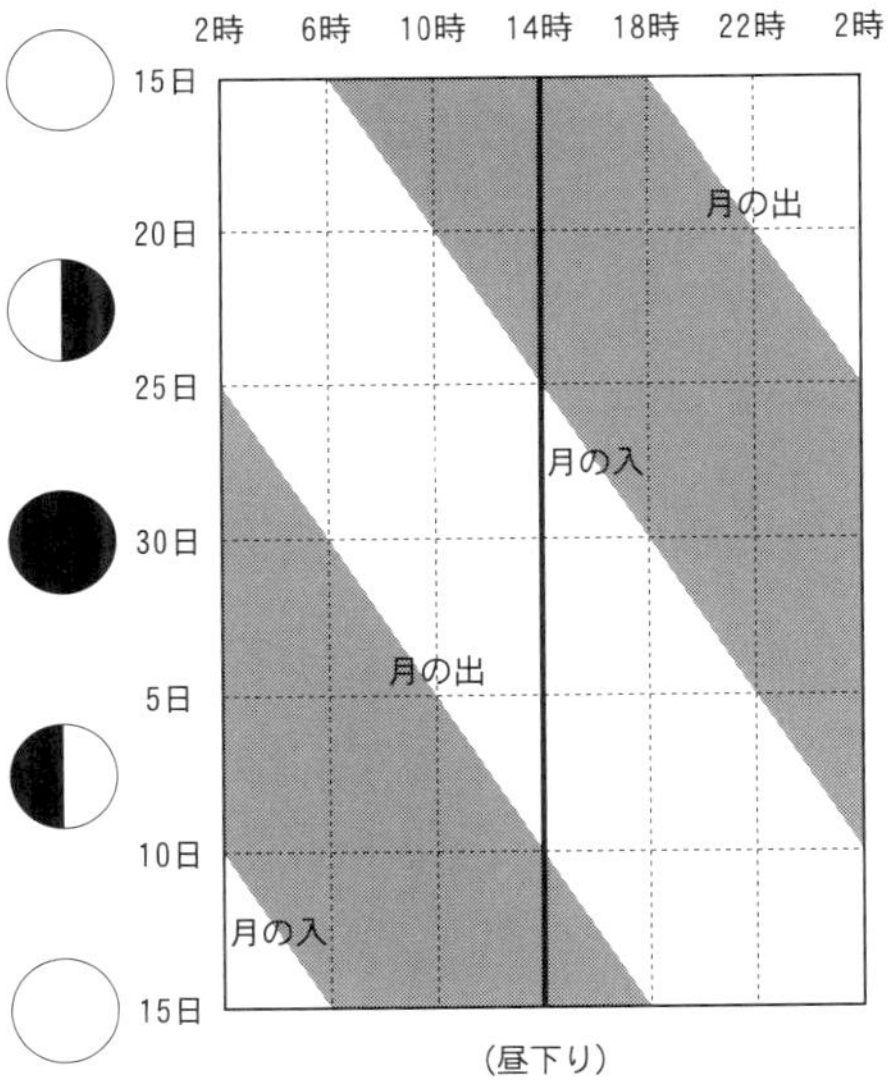

また、前にも書いたように、月が出えない時間帯がありますから、一〇日、二五日の直前、直後のそれぞれ二〜三日は月を見ることができないでしょう。この場面が、最初の場面と同じ銀座での出来事であるかどうかはわかりませんけれども、ある程度の都会であれば、月の出、月の入の間際の月が見えにくい状況に、大きな違いはないだろうと思います。
だとすれば、「昼下り」に月が見

える可能性は、最大に見積もっても一箇月の内の一〇日弱、三分の一の確率もなかったことになります。もっと言えば、作品の流れからして、この時見える月としては、「大根の月」、つまり「半月形」に近い形のものが期待されるはずですから、その確率は、さらに低いものでしかなかったと考えた方が良いのかもしれません。なお、「昼下り」の時刻を午後三時頃まで拡げて考えてみたとしても、「昼の月」の見える日付の範囲が一〜二日後ろにずれるだけで、見える確率自体が変わるわけではありません。つまり、空を見て英子が秀一のところへ戻ることができる可能性は、それだけ低かったのです。

英子にそういう月に対する正確な知識があった、とは言えませんけれども——むしろ、なかったから月が出ているかどうかに賭けようとしたのでしょうけれども——、晴れていれば「昼の月」がかならず見えるというものではないことは、感覚としてわかっていただろうと思います。最初の場面で、「あ、月が出ている」と言ったのも、それが珍しいから思わずそういう言葉が出たわけで、いつでも見えるような印象を持っていたとしたら、そんなことは言わないはずです。「昼の月」の見える確率が低いことがわかっていたから、英子は月が出ているかどうかに賭けようと思いながら、空を見上げることができなかったのです。「もし出ていなかったら」というのは、相当切実な不安なのです。

もちろん、秀一の許に戻ったとしても、英子には何ひとつ欠けるところのない幸福な生活が約束されているわけではありません。秀一との関係だけでなく、姑との関係、息子との関係も、元通りになる保証はまったくないのです。ですから、仮に、空を見上げればかならず月が見えるのだとしても、簡単に空を見上げることができない気持ちは強かっただろうと思います。

「戻ろうか、どうしようか」——これが、第一の躊躇です。戻りたい気持ちと、戻ることの不安との鬩《せめ》ぎ合いです。さらに、その第一の躊躇を断ち切って「昼の月が出ていたら戻ろう」と決断して空を見上げたとしても、そこに月は出ていないかもしれないのです。「見上げようとしても」——これが、第二の躊躇です。このふたつの躊躇の硲《はざま》にあって、英子は歩き続けるしかありませんでした。

見上げようとしても

ここでは、「見上げようとしても」の「も」という助詞が、非常に効果的に使われていると感じます。こんなところに「も」がなくても十分に意味は通じそうです。むしろ、「も」があることによって、何だか引っ掛かったような、ちょっと変な感じを受ける方もいらっしゃるのではないでしょうか。けれども、この「も」には、作者の周到な意図があるように思います。

英子が秀一の許に戻る決断をするのは、容易なことではありません。それで、「戻ろうか、どうしようか」、悩みに悩んで、ようやく不安な気持ちを何とか断ち切って「昼の月」に賭けてみようと思い切ってみても、今度はその月が出ていないかもしれないのです。空を見上げようとするのは秀一の許に戻ることを決断するためなのですけれども、同時に、空を見上げることによって、戻れなくなってしまう可能性があることを、覚悟しなければなりません。しかも、その可能性はかなり高いのです。

ひとつの決断をしても、その先にはまた別の難問が待っています。月が見えた場合の不安――戻った後の生活に対する不安と、見えるかどうかわからない不安――戻れるかどうかわからない不安の両方が相俟《ま》って、英子は容易に空を見上げる決断をすることができなかったのです。難しい決断の先で、また次の難しい決断を迫られる、そういう揺れ動く英子の心情が、この「も」によって、実に良く表わされていると思います。

印象的なラスト・シーンですけれども、こうやって場面を仔細に読み解いてみることで、英子の不安の内実を、より深く理解することができるのです。

淋しい気がされた

――志賀直哉『暗夜行路』より――

淋しい気がされた

志賀直哉の『暗夜行路』からの引用です。

龍岡と別れた事は何といっても彼には淋しい事だった。龍岡は芸術には門外漢らしい顔を何時もしていたが、自身の仕事、飛行機の製作、殊に発動機の研究に就いては、そしてそれに対する野心的な計画を話す時などには彼は腹からの熱意を示し、よく亢《こう》奮《ふん》した。謙作は仕事は異《ちが》っていたが、そう云《い》う龍岡を見る事で常にいい刺激を受けた。今、そういう友を近くに失った彼は本統《ほんとう》に淋しい気がされたのである。

(前篇・第二・一)

主人公の謙作が、長い旅に出たことで親しい友人の龍岡と離れることになった時の気持ちを表わした場面です。

傍線を付けた部分、「淋しい気がされた」という言い方には、少々違和感を覚える方もいらっしゃるでしょう。ふつうなら、「気がされた」ではなくて、「気がした」という言い方をするところで、志賀自身も、こんな使い方をしています。

彼は妻を愛した。他《ほか》の女を愛し始めても、妻に対する愛情は変らなかった。然し妻以外の女を愛するという事は彼では甚だ稀有な事であった。そしてこの稀有だという事が強い魅力となって、彼を惹《ひ》きつけた。その事が自身の停滞した生活気分に何か溌剌《はつらつ》とした生気を与えて呉《く》れるだろうというような事が思われるのだ。功利的な考《かんがえ》ではあるが、一途に悪くは解されない気がした。(『山科の記憶』一)

ふつうとは少し違うように感ずる最初の引用の「淋しい気がされた」ですが、この「された」を文法的に説明すると、

「さ」＝サ行変格活用動詞「する」・未然形
「れ」＝助動詞「れる」・連用形
「た」＝助動詞「た」・終止形

ということになります。

そこまでは、大きな問題がないと思いますけれども、品詞分解ができたらそれですべて解決、というわけには行きません。最初の違和感は、まったく解消されていませんから、もう少し詳しく見てみることにしましょう。

ここで気になるのは、「れる」という助動詞です。

口語文法の「れる」（五段活用・サ行変格活用以外の動詞に接続する場合は「られる」）の意味を手許の文法書で調べてみると、「受身・可能・尊敬・自発」とありました。この場面の「れる」は、そのうちのどれに当たるのでしょうか。

「受身」は、主語になる人の意志には関係なく、誰か（何か）にそうされる、ということですから、ここにあてはまりそうに思われるかもしれません。この場面は、謙作が龍岡によってそういう気持ちに「された」わけですから、受身で表現できそうなところではあります。

けれども、そういう場合なら、通常では「〜に〜れる（られる）」という形を取るでしょう。「淋しい気にされた」とか「淋しい気にさせられた」とあるのなら、受身の使い方と考えて問題ないでしょうけれども、ここは「〜が〜れる」という形、「彼（＝謙作）は……淋しい気がされた」ですから、これを受身に取るのは難しいでしょう。

「尊敬」なら、作者が謙作のことを敬って、「淋しい気がされた」と言ったことになります。「淋しい気がした」という言い方を尊敬の形にしたということですが、ここで作者が突如謙作を尊敬語で待遇しなければならない必然性はまるでありません。それに、もし尊敬を表わしたかったのだとしても、「淋しい気がされた」という言い方でそれを表現しようとするのには、かなり無理があります。

「可能」もあてはまりそうにありません。この文の主語は謙作なのですから、可能として、淋しい気にすることができた、という文脈には取れません。

残るのは「自発」ですけれども、これはあまりピンと来ない方もいらっしゃると思います。文法書を見ても、現代語の文法書には実際の用例が示されていないことがほとんどなので、いざどんな使い方だったたっけ？　と考えると、すぐに思いつかないこともあります。中には現代語に「自発」を認めていない文法書もあるくらいですから、ちょっとわかりにくいかもしれません。

なお、文法書によっては、先ほど使った「あてはまりそうにも思われる」のようなものを、「不確実な断定」という言葉で説明しているものもありますけれども、これは広く「可能」の意味に含めて良いようにも思います。

思いうかべられた

さて、ここで、別の例を引いてみます。長谷川時雨の『旧聞日本橋』に、次のようなものがありました。

父が出てゆくとみんな頭を揃えてさげて、

「ありがとうございました。取りかたづけはすみました、角力《すもう》がひとりで、しょってしまいました。」

「そうか、あの男でも、それだけの準備はしてあったと見えるね。」

「ところが、それがね、しょってしまったって、一さいの事ではないのですよ。滑稽なことにはおばさんの棺桶《かんおけ》をしょってしまったんでさあね。」

「人夫にしょわせるのは嫌だとでもいうんでしょうね、お角力さんの心意気だあね。」

と母が言った。皆は笑った。

「兎に角、今夜はおれひとりでお通夜をします。長く世話になったからというから、家はせまいし、尤《もっとも》だと思ってまかせたら、奴さんその間に、すたこら、自分で始末して、棺に入れてしょって、火葬場《やきば》へもってってしまったんで――おばさん死ぬまで、重宝な権助をつかまえといたもんだ。」

だが、私の目には笑えない、生涯のそ、り、と、した、そのくせ誠実な大男が、愛した女の亡骸《なきがら》を入れた桶をしょって、尻はしょりで、暗い門から路地裏を出てゆく後姿をかなしく思いうかべられた。

（勝川花菊の一生）

この「思いうかべられた」については、どうでしょうか。

「思いうかべられた」の「られ」は助動詞「られる」の連用形ですけれども、この「られ」なら可能と取ることができそうです。その場の情景を思いうかべることができた、という使い方で、そう考えて特別に無理なことはないでしょう。

ですが、ここは別の考え方ができるのではないかと思うのです。

ここで描写されている、「生涯のそりとした、……暗い門から路地裏を出てゆく後姿」という情景は、作者が実際に見たものではなくて、周りの人たちの会話から、作者の頭の中に自然と湧き起こって来たイメージです。「大男」が「尻はしょり」したのも「暗い門から路地裏を出てゆく」のも、実際にあったことかどうかわからない、作者の心の中の映像です。周りの人たちの会話の中にこういう具体的な描写があって、その通りの様子を作者が思いうかべたということであれば、可能で疑いないのでしょうけれども、この「思いうかべられた」情景は、あくまでも作者の心の中で作り上げられたものですから、この表現については、もう少し考えてみたいところです。

る・らる

ここで、古典の例ですが、いくつか上げておきます。

御物《おほむもの》の怪《け》ども、かりうつし、かぎりなく騒ぎののしる。月ごろ、そこらさぶらひつる殿のうちの僧をば、さらにもいはず、山々寺々を尋ねて、験者《げんざ》といふかぎりは、残りなく参りつどひ、三世《みよ》の仏も、いかにか聞き給ふらむ、と思ひやらる。

（『紫式部日記』）

（物の怪どもを、憑人《よりまし》に駆り移し、調伏しようと大声を張り上げる。数箇月、屋敷の内に伺候している僧は、言うまでもなく、山々寺々を探し求めて、修験者という者は、一人残らず参上し、過去・現在・未来のあらゆる仏も、これだけの願いをどうやってお聞きになっているのだろう、と思いやられる。）

ひろびろとものの深き深山《みやま》のやうにはありながら、花・紅葉《もみぢ》のをりは、四方《よも》の山辺も何ならぬを見ならひたるに、たとしへなく狭《せば》きところの、庭のほどもなく、木などもなきに、いと心憂《こころう》きに、向ひなるところに、梅《うめ》・紅梅《こうばい》など咲きみだれて、風につけてかかへ来るにつけても、住みなれしふるさと、限りなく思ひいでらる。（『更級日記』）

（以前住んでいた家は広々と奥深い深山のようではありながら、花や紅葉の折は、四方の山辺も問題にならないほど素晴らしい景色だったのを見慣れているのに、今の家は例えようもなく狭いところの、庭の広さもなく、木などもないのに、ひどくつまらないのに、向いの屋敷には、白梅や紅梅が咲き乱れて、風につけて香ってくるのにつけても、住み慣れた以前の家が、この上なく思い出される。）

現代語の「れる」「られる」に相当する古語の「る」「らる」です。この「る」「らる」も、現代語「れる」「られる」と同じように、「受身・可能・尊敬・自発」の意味があることを覚えさせられた経験のある方も多いでしょう。

「自発」は、ある行為や動作を積極的に行なうのではなくて、自然とそうなる、ということを表わすものです。今あげたふたつの例は、どちらもその自発の使い方で、そういう気持ちが心の中にふと感じられる、という表現です。

「る」「らる」のもともとの意味はこの自発で、そこから受身・可能・尊敬の意味が派生したと言われているようです。文法のお勉強としては、「る」「らる」がこの四つの意味のうちのどれか、という違いを見分けることに重点が置かれてしまいますけれども——もちろんそれが重要ではない、とは言えないのですが——どの意味でつかわれていても、本質的に繋がるところがあるということも、忘れてはならないのです。

少し話が逸れてしまいましたけれども、先ほどの長谷川時雨の文に戻ります。この「思いうかべられた」の「られ」は、先ほど書いたように可能と取ることのできる表現ではありますけれども、今見てきた古典の例と同じく自発と取った方が、この場面の理解としては、よりふさわしいのではないかと思うのです。周りの人たちの会話から、自分で見ていたわけではないその場の情景が、自然と作者の心の中に沸き起こって来た、という表現だと考えることで、この場面の作者の心情を、より深く理解できるでしょう。「大男」が棺桶を背負って出ていく様子やその気持ちが、理屈ではなく作者の心に「思いうかんで来たのです。

そういうことを踏まえて最初の『暗夜行路』の例を考えてみますと、これも同じく「自発」だと考えられるのではないでしょうか。これは、「龍岡と別れた」ことによって、謙作の心の中に「淋しい気」が自然と湧き起こって来た、という表現なのではないかと思います。

龍岡が身近にいなくなった時の謙作の気持ちを表わすのに、「淋しい気がした」「淋しい気になった」「淋しい気にさせられた」……と、似たような言い方はほかにもあるでしょうけれども、それはあくまで作者の立場からの客観的な記述です。それらの表現と比べて、謙作が感じている淋しい気持ちを、より深く、より強く表現できる言い方として、「淋しい気がされた」という言い方が使われているのではないでしょうか。それによって、謙作の心情に寄り添って、より実感の籠った表現にしているのでしょう。現代の感覚では少々破格の表現にも感じられますけれども、この言い方が、この場面には最もふさわしいと作者が判断したのだろうと思います。

気づかれぬ

ここまで、「れる」「られる」をいくつか見て来ましたけれども、もうひとつ、この助動詞を効果的に使っていると思われる例を見てみましょう。

厚い梅雨雲がたれこめ、ひどく蒸し暑い日だった。所によっては、糠雨《ぬかあめ》が降っていた。午前と午後に、かすかな地震があった。が、それは人々に気づかれぬほど微弱なものだった。

(吉村昭『三陸海岸大津波』一　明治二十九年の津波・前兆)

「人々に気づかれぬ」の「れ」で、これは助動詞「れる」の連用形、ここでは「受身」として使われています。事柄としては人々が「かすかな地震」に気づかなかったということですから、「人々が気づかぬ」とあっても、問題なく意味は通じるでしょう。けれども、ここには、「人々に気づかれぬ」とあります。また、同じ「れ」を使うとしても、「人々が気づかれぬ」という言い方もできないことはなくて、そうであればこの「れ」は可能ですから、人々が気づくことができない程度の小さな地震、ということになります。けれども、ここは、「人々に気づかれぬ」なのです。

この「人々に気づかれぬ」というのは「擬人法」と言われるもので、地震を主語として、その地震が人々に気づかれない、という表現です。この小さな地震は、人々はまだ気づいていませんでしたけれども、翌日に発生する大津波の予兆でした。間もなく三陸海岸に襲いかかる大津波が、人々が気づかない間に密かにひたひたと忍び寄って来ている恐怖感を、この助動詞一字によってさりげなく表現しているのだと思います。この不気味な感じは、「人々が気づかぬ」でも「人々が気づかれぬ」でも、表わすことはできません。

ここで取り上げたのは、「れ」とか「られ」とか、たった一文字二文字のことですけれども、そういう細かいところに気をつけてみることで、より深く文章を読むことができるのです。

男の癖に……

――夏目漱石『道草』より――

会話の引用

ここでは会話の引用の仕方について、考えてみることにします。

言うまでもないことですけれども、現代日本語の文章では、会話文は鍵括弧で括って、その後に助詞「と」を添えるのがふつうです。例をあげれば、当たり前すぎていくらでもありますが、ひとつ引いておきます。

夫は、隣の部屋に電気をつけ、はあっはあっ、とすさまじく荒い呼吸をしながら、机の引出しや本箱の引出しをあけて掻《かき》まわし、何やら捜している様子でしたが、やがて、どたりと畳に腰をおろして坐ったような物音が聞えまして、あとはただ、はあっはあっという荒い呼吸ばかりで、何をしている事やら、私が寝たまま、

「おかえりなさいまし。ごはんは、おすみですか？　お戸棚に、おむすびがございますけど。」

と申しますと、

「や、ありがとう。」といつになく優しい返事をいたしまして、「坊やはどうです。熱は、まだありますか？」とたずねます。

これも珍らしい事でございました。

（太宰治『ヴィヨンの妻』二）


鍵括弧で括られた会話文が、それぞれ「と」で承けられています。

もちろん、会話文を「と」などなしに地の文の間にはめ込むような例も、たくさんあります。


去年芝を苅った木立の辺《ほとり》に来たので、厨子王《ずしおう》は足を駐《とど》めた。「ねえさん、ここらで苅るのです。」

「まあ、もっと高い所へ登って見ましょうね。」安寿《あんじゅ》は先に立ってずんずん登って行く。

厨子王は訝《いぶか》りながら附いて行く。暫くして雑木林よりは余程高い、外山《とやま》の頂《いただき》とも云《い》うべき所に来た。

（森鷗外『山椒大夫』）

これは会話文を直接「と」で承けてはいませんけれども、前後の文脈から、先のものが厨子王の、後のが安寿の会話であることは、明確にわかります。

ここまでに引いた例は、ストーリーの展開を地の文で行なって、会話文がそれを補って文をふくらませて行くようなやり方だと言って良いでしょう。もちろん会話文を取っ払ってしまったら何のことだかさっぱりわからないのですけれども、あくまでも地の文が主で会話文が従、ということです。

ほかに、地の文ではなしに、会話文でストーリーを展開して行く方法も見られます。

目付《めつけ》から、浅田十郎兵衛《じゅうろべえ》と池田太郎右衛門《たろうえもん》に呼出しがある。

「造酒之助《みきのすけ》を落したのは、其方《そのほう》という噂があるが左様《さよう》か。」

「はい。」

「何故落した？」

「武士の情《なさけ》で御座《ござ》る。」

「情は情、掟《おきて》は掟、濫《みだ》りに人を殺《あや》めたものを私情にて落すのは、これ法を破るもの。造酒之助を討って差出せ。背《そむ》かば両人ともに落度を申付《もうしつ》けるぞ。確《しか》と心得ろ。」

暇《いとま》を出されてしまったが、出し抜けの事で、平常《へいぜい》の貯《たくわえ》も無いから、家財を売払《うりはら》って、

「とにかく酒造之助に逢ってみよう。」

と、佐倉からの便《たより》があったから源太兵衛《げんたべえ》を尋ねると、本郷へ行ったと云う。

(直木三十五『近藤源太兵衛』二)


最後に一箇所「と」が使われてはいますけれども、それ以前の会話文は、地の文から独立しています。それらの会話文がなければ、「……呼出しがある」から「暇を出されてし

まったが、……」の間の展開はまったくわかりませんから、この場面では、会話がストーリー展開の役割を担っていることがわかります。

こうやって会話文で場面を展開させて行くことの効果として、地の文でその場の状況を説明するのと比べて、読者自身がちょうどその場に居合わせたような臨場感をあじわうことができるということがあります。

地の文で客観的に事柄を書いてあれば、わかりやすい反面、説明くさくなる場合があります。それに対して会話文なら、臨場感があって読者が作品の世界に没入しやすくなる反面、地の文による客観的な説明がない分、下手をするとストーリーの展開がわかりにくくなってしまう危険性もあります。

それぞれに一長一短があるわけで、いろいろな引用の仕方を組み合わせることによって、その場面に合った最適な表現を選ぶところに、作者の腕の見せどころがあると言って良いでしょう。

なお、登場人物の気持ちを表わすものに、心話文があります。心話文は、会話文とは違って実際に発話されることはありませんけれども、文の中での使われ方は、会話文とほぼ共通しています。また、会話文なのか心話文なのかがわかりにくいようなケースも、まま見られます。そこで、以下、会話文と心話文をひっくるめて「引用文」という言葉で説明することにします。

男の癖に……

ここまで、いろいろな引用の仕方の例を挙げてきましたけれども、引用文と地の文がはっきりと分けられているということは、共通して言えると思います。

それでは、こんな例はいかがでしょうか。

生憎《あいにく》細君の父は役に立つ男であった。彼女の弟もそういう方面にだけ発達する性質《たち》であった。これに反して健三は甚だ実用に遠い生《うま》れ付《つき》であった。彼には転宅の手伝いすら出来なかった。大掃除の時にも彼は懐手《ふところで》したなり澄ましていた。行李《こうり》一つ絡《から》げるにさえ、彼は細紐《ほそびき》を何《ど》う渡すべきものやら分らなかった。

「男の癖に」

動かない彼は、傍《はた》のものの眼に、如何《いか》にも気の利かない鈍物《どんぶつ》のように映った。彼は尚《なお》更《さら》動かなかった。そうして自分の本領を益《ますます》反対の方面に移して行った。

（夏目漱石『道草』九十二）

この例も、鍵括弧で括られた「男の癖に」が引用文、それに続く「動かない彼は」以降が地の文として、はっきりと分けられているようですが、良く見ると、この中で「男の癖に」という引用文がそこだけぽつんと浮き上がっているような感じもします。「傍のもの」が「男の癖に」と言っているのはわかりますけれども、地の文でその引用文を直接承ける部分はありませんし、かと言って、この引用文がストーリー展開を担っているわけでもありません。

「男の癖に」が「傍のもの」の健三に対する評価であるのは間違いなさそうなのですが、引用文はそれだけで終わっていて、そこには、健三が男の癖にどうなのか、書かれてはいません。鍵括弧で括られた「男の癖に」だけでは、「傍のもの」の言いたいことが完結していないように思われます。かと言って、「男の癖に」を承けてそれを説明するような地の文も見当たりません。

取りがたきものを……

ここで、古典の例を一つ取り上げておきます。

『竹取物語』で、かぐや姫が、求婚者の一人の庫持《くらもち》の御子《みこ》に対して、結婚の条件として蓬萊《ほうらい》の玉の枝を持って来るように、と要求します。蓬萊というのは中国の伝説上の国で、そこに生えている金銀宝石でできた木だというのですから、そんなものが実際に取って来られるはずもなく、これは事実上のお断りなのですが、この御子は金に飽かせて――何しろ「庫持」の御子ですから——かぐや姫に言われた通りの玉の枝の偽物を造り上げて持参します。竹取の翁《おきな》もかぐや姫も、それを本物だと信じ込んでしまって喜んだり悲しんだり、という場面です。もちろんかぐや姫を結婚させたい竹取の翁は喜んで、結婚したくないかぐや姫は悲しんだわけですが……。

「この国に見えぬ玉の枝なり。この度は、いかでか、辞《いな》び申さむ。人様《ひとざま》も、良き人におはす。」など言ひゐたり。かぐや姫の言ふやう、「親の宣《のたま》ふことを、ひたぶるに辞び申さむことのいとほしさに、取りがたきものを、」かくあさましく持《も》て来たることを嫉《ね》たく思ひ、翁は、閨《ねや》のうち、しつらひなどす。

（『竹取物語』）

（竹取の翁は、「この国には見えない玉の枝だ。今回は、どうして、断り申せようか。人柄も、良い人でいらっしゃる。」などと言ってかぐや姫の前に坐っている。かぐや姫が言うには、「親がおっしゃることを、ひたすらに断り申すことの気の毒さに、手に入れにくいものを、」このように意外にも持って来たことをいまいましく思い、翁は、寝室の中を、準備などをする。）

古典の原文には、もともと鍵括弧などは付けられていないので、いろいろな説があるのですが、ここでは右のように解釈しておきます。

引用文の始まりが「かぐや姫の言ふやう」の次の「親の宣ふことを……」からなのは間違いありませんが、引用文の終わりの鍵括弧を付けた位置には、気になる方も多いだろうと思います。「……取りがたきものを」まででは、引用文の内容が終わっていないようにも思われます。けれども、それでは別のどの位置に鍵括弧を付けたら良いのか、となると、なかなかすっきりとはしません。

まず、「嫉たく思ひ」が、かぐや姫を主語とする地の文であることは、ほぼ間違いないだろうと思います。では何に「嫉たく思」ったのかといえば、その直前の「かくあさましく持て来たること」に対してです。そして、何を「持て来た」のかといえば、「取りがたきもの」なのですから、「取りがたきものを……」以下を地の文と考えることもできるかもしれません。けれども、だとしたら、引用文は「親の宣ふことをひたぶるに辞び申さむことのいとほしさに」のみになってしまって、それでは何のことだかさっぱりわかりません。

今、便宜的に文の後ろから遡って見てみましたけれども、言葉というものは、前から順にしか受け取ることのできないものですから、後ろから見て行くというのは、本当は妥当な考え方ではありません。実際には読者は文を前から順に読んで行くしかないのですから、鍵括弧をどこに付けるのかを考える場合にも、前から順に読んで行って判断しなければなりません。

先ほど書いたとおり、「親の宣ふことを……いとほしさに」が引用文であることは、間違いなさそうです。では、「いとほしさに」どうしたのかといえば「取りがたきものを」要求したわけですから、ここも引用文とひと続きだと考えて、鍵括弧の中に入れた方が良いでしょう。

それで、最初に付けた鍵括弧のように、「……取りがたきものを」までが引用文、「かく

あさましく持て来たる」からが地の文、ということになるのですが、これがはっきりと分かれているのではなくて、

「親の宣ふことを、ひたぶるに辞び申さむことのいとほしさに、取りがたきものを、（要求したのに……）」

という引用文と、

取りがたきものを、かくあさましく持て来たることを嫉たく思ひ、

という地の文が、ひとつにくっついて繋がっているのだと考えられます。この中で、「取りがたきものを」は、引用文と地の文の二重の役割を担っています。

こういう例は、古典の文には少なからず見られるのですが、近代の文を考えるうえでも、

参考になると思うのです。

男の癖に動かない？

『道草』の例に戻ります。

ここで健三と比較されているのは、健三の「細君の父」と「彼女（＝細君）の弟」です。健三が「甚だ実用に遠い生れ付」なのに対して、この男二人は「役に立つ男」です。健三が「動かない」のに対して、この男二人は「動く」ということです。おそらく二人とも、「転宅の手伝い」ができ、「大掃除」にも役に立ち、「行李」を「絡げる」ことも如才なくやってのける人たちなのでしょう。

ですから、「傍のもの」からすれば、男はもっと「実用」のために動くべきもので、それができない健三が「鈍物に映」るのです。つまり、健三はただ「動かない」のではなくて、「男の癖に」「動かない」のです。

けれども、だとしたら、わざわざ「男の癖に」を引用文にしたりしないで、男の癖に動かない彼は、傍のものの眼に、如何にも気の利かない鈍物のように映った。

とあっても良さそうなものです。「男の癖に」が鍵括弧で括られていることに、一体どんな意味があるのでしょうか。

男が「役に立つ」べきである、というのは、あくまでも「傍のもの」の観点でしかありません。地の文で健三の細君の弟に対して「そういう方面にだけ発達する性質であった」としているのも、かならずしも作者が「傍のもの」と同じ価値観を共有しているわけではないことを、示唆しているようです。「そういう方面にだけ」という言い方には、それ以外のことには発達していない、という含みがあります。そして、「そういう方面」を、さほど重要なものとは評価していないニュアンスを感じることもできます。「男の癖に」が鍵括弧で括られていて、「動かない」が括られていないことは、そういうことを踏まえて考えてみる必要があるでしょう。

健三が「動かない」というのは客観的な事実ですけれども、そのことに対して「男の癖に」を冠するのは、「傍のもの」の主観に属しています。ですから、「男の癖に」だけを鍵括弧で括るのと、地の文として「男の癖に動かない彼は……」と続けるのとでは、健三が「動かない」ことに対する作者の評価が、大きく変わって来るのです。健三にとっては、男が「役に立つ」ものであるということは、まったく重要なことではありませんし、作者にとってもやはり、「動かない」ことが、健三に対するマイナスの評価に繋がるものではなかったのでしょう。健三を全面的に肯定するのではないとしても、「傍のもの」の考えにも左袒しない、ということなのかもしれません。

「傍のもの」の観点からすれば、男は「役に立」たなければならないもので、「動かない」健三は、「転宅の手伝い」やら「大掃除」やら、役に立つことが一切できない「気の利かない鈍物」でした。けれども、それはあくまで「傍のもの」の観点からの評価であって、作者の観点からすれば、かならずしもそうではありませんでした。「傍のもの」の主観的な観点と、作者の客観的な観点を両方とも満たすのに、ほかにどういう表現が可能だったでしょうか。

たとえば、

傍のものから「男の癖に動かない」と言われるほど動かない彼は、傍のものの眼に、如何にも気の利かない鈍物のように映った。

などというような書き方をしたら、何だかリズムも悪いし理屈っぽくっていけません。それを、「男の癖に」だけを鍵括弧で括ることによって、「傍のもの」の観点から「男の癖に動かない」ことを、作者の観点から単に「動かない」ことを、両立させた表現だと言えるでしょう。

こういう鍵括弧の使い方をすることによって、文が冗長になることを防いで、簡潔でわかりやすく、かつ、言葉自体は可能な限り切り詰めた中でより多くの情報を盛り込んでいるのでしょう。

引用文と地の文

これまで見て来たような、引用文と地の文が直接繋がるような表現は、文章を読んでいても何の気なしに読み飛ばしてしまって気づきにくいですけれども、実はけっして珍しいものではありません。引用文と地の文は、ふつうなら性質の違うものとして、別々に表現されるのですが、それがひと続きに直接の関係を以って表現されるのです。

引用文の使い方を工夫することによって効果的な表現をしているわけですが、同じようなものを、いくつかご紹介しておきます。

なんだか、深川の色町も辰巳芸者も、歴史がおわろうとしているようで、つい酒の座の話も、二人の身の上ばなしになった。大瓦解のあとの新撰組の生き残りのようなものである。

新撰組にしては弱そうだったが、そのかわり話が正直で、正直なぶんだけ張りがない。

身の上話が尽きて、世間ばなしになった。

若いほうが、新聞の投書欄で、中国人の留学生夫婦が貸し間を探しているという記事を読み、

「戦争中の罪ほろぼしですから」

ぜひ無料でひきとってやりたいとおもったという話をした。

これこそ辰巳風のきゃんだとおもって身を乗りだすうちに、話が、相手の条件が重すぎるのでやめました、というふうになった。


（司馬遼太郎『本所深川散歩』思い出のまち）

「戦争中の罪ほろぼしですから」という引用文に続く「ぜひ無料でひきとってやりたい」という箇所は、直後に「と」があることからすれば、ここも鍵括弧に入れることができそうです。「新聞の投書欄」を読んだのも「若いほう」の芸者なのですから、最大に考えれば、「新聞の投書欄で……やりたいとおもった」まで、鍵括弧で括れないことはないので

しょうけれども、そうはなっていません。

この部分は、「若いほう」の芸者の語った内容ではあるのですが、すべてが彼女が語った言葉そのままなのではなくて、聞き手である作者がある程度要約したものだということでしょう。それに対して「戦争中の罪ほろぼしですから」だけは、語った言葉をそのまま書いているのだということを、鍵括弧によって示しているのです。逆に言えば、「戦争中の罪ほろぼしだから」とか、「戦争中の罪ほろぼしに」とでも言い換えてしまえば、ここにも鍵括弧はなくても良いことになります。

たくさんの話をしていた中で、全部を引用文にしてしまうと冗長で締まりのない文になってしまうかもしれません。とりとめもない「世間ばなし」を作者なりに簡潔にまとめてわかりやすくした坦々とした文の中で、「戦争中の罪ほろぼしですから」を鍵括弧で括ることで、語り手の口ぶりを彷彿とさせて、読者の頭の中にその場の雰囲気を浮かび上がらせるようにさせることになっているのではないでしょうか。

地の文の長所と短所、引用文の長所と短所を踏まえたうえで、鍵括弧を付けて話し言葉をそのまま引用するところと、地の文で事柄をわかりやすく記述するところを組み合わせることによって、読者にわかりやすく、同時に、その場の様子が浮かび上がってくるような文を、工夫して書いているのです。

もう一例。

このところ、江戸市中の商家は用心の上にも用心をしていたわけであるが、怪盗一味は万屋《よろずや》の大屋根を巧みに破って潜入し、血なまぐさい所業を飽くことなくやってのけ、百二十余《よ》両を強奪して逃走してしまった。
このとき、背中に重傷を負いながら、万屋の次女のこうというむすめが、死体をよそおい、引き上げて行くときの怪盗一味の会話を小耳にはさんだ。黒覆面の中の面体《めんてい》はわからぬながら、首領とおぼしき男が、
「これで江戸ともおさらばだ。いいか、みんな。あつまるところは島田宿《じゅく》」

と、手下どもにいったのが、

「たしかに、きこえました」

と、こうは駈けつけた長谷川平蔵に告げた。


(池波正太郎『血頭《ちがしら》の丹兵衛《たんべえ》』)

この中で、間違いなく万屋の次女のこうの言葉だと言えるのは、傍線を引いた「たしかに、きこえました」ですが、こうがそれしか言わなかったわけではないことは、言うまでもありません。「黒覆面の中の面体はわからぬながら、……」に続く以降の部分が、こうが「小耳にはさんだ」内容で、当然それらを火付盗賊改方《ひつけとうぞくあらためかた》の長官たる長谷川平蔵に告げたのです。けれども、「たしかに、きこえました」以外の部分が、こうの話した言葉そのままでないことは明らかです。もし、

首領とおぼしき男が、

「これで江戸ともおさらばだ。いいか、みんな。あつまるところは島田宿」

と、手下どもにいった。

などとあったとしたら、そのまま作者がその場の様子を書いた表現として通用します。この部分もこうが「告げた」内容なのですが、すべてをこうの言葉で書かない方が、むしろその場の雰囲気を出すのに適しています。

作者の言葉、血頭一味の首領の言葉、こうの言葉を巧みに織り交ぜることによって、非常に効果的な表現を作り出していると言えるでしょう。

書物の引用

最後に、会話・心話以外の引用でも、同じようなことが言えますので掲げておきます。他の書物の文言を引用した例です。

下人は、六分の恐怖と四分の好奇心とに動かされて、暫時は呼吸《いき》をするのさえ忘れていた。旧記の記者の語を借りれば、「頭身《とうしん》の毛も太る」ように感じたのである。すると、老婆は、松の木片を、床板の間に挿して、それから、今まで眺めていた屍骸《しがい》の首に両手をかけると、丁度、猿の親が猿の子の虱《しらみ》をとるように、その長い髪の毛を一本ずつ抜きはじめた。髪は手に従って抜けるらしい。

（芥川龍之介『羅生門』）

「業畜《ごうちく》、急々に退《の》き居ろう。」するると、翁は、黄いろい紙の扇を開いて、顔をさしかくすように思われたが、見る見る、影が薄くなって、螢ほどになった切り燈台の火と共に、消えるともなく、ふっと消える――と、遠くでかすかながら、勇ましい一番鶏《どり》の声がした。「春はあけぼの、やうやう白くなりゆく」時が来たのである。

（芥川龍之介『道祖問答』）

『羅生門』の例では、「旧記」――『今昔物語集』を指しているものと思われます――の文言を、『道祖問答』では『枕草子』の冒頭の一節を、そのまま地の文に繋げて引用しています。

こうやって見て来ると、引用の仕方ひとつ取ってみても、さまざまな工夫を凝らして作品が書かれていることがわかるでしょう。

私・僕・己

――芥川龍之介『猿』より――

語り手の呼び方

芥川龍之介は、『芸術その他』という随筆の中で、

芸術は表現に始《はじま》って表現に終る。

と書いています。つまり、芸術作品を成り立たせているのは表現だ、ということを、はっきりと表明しているのです。文学という芸術作品における表現は、言葉にほかなりませんから、文学作品を読んで行くうえで、作品に書かれた言葉を具《つぶさ》に見て行くことが、とても重要です。

また、同じ随筆の中には、こうも書かれています。

内容が本で形式は末だ。――そう云《い》う説が流行している。が、それはほんとうらしい

謔《うそ》だ。作品の内容とは、必然に形式と一つになった内容だ。まず内容があって、形式は後から拵えるものだと思うものがあったら、それは創作の真諦《しんたい》に盲目なものの言なのだ。

このように、細かい言葉ひとつひとつの使い方にまで心血を注いで作品が書かれているのだとしたら、そのひとつひとつの言葉をしっかりと読んで紐解いていくことには、大きな意味があるでしょう。

その芥川に、『猿』という掌篇があります。芥川の小説の中では、それほど有名なものではなく、特別に高い評価を得ているものでもありませんけれども、良く読んでみると、さすが短篇の名手、実にうまく作られている作品だと感じます。

この作品は、主人公である「私」が、士官候補生だった頃の思い出を語る形を取っています。作品の始まりの部分を引用します。

私が、遠洋航海をすませて、やっと半玉《はんぎょく》（軍艦では、候補生の事をこう云うのです）の年期も終ろうと云《い》う時でした。私の乗っていたAが、横須賀へ入港してから、三日目の午後、彼是《かれこれ》三時頃でしたろう。勢《いきお》いよく例の上陸員整列の喇叭《らっぱ》が鳴ったのです。

ここに登場する「私」は、小説の中の語り手ですけれども、この作品の中に書かれているのは、作者自身が体験したことではありません。「私」というのは元士官候補生で、小説家である作者が、その人物が語る思い出話を聞き書きした、という形を取っています。そのことは、読んでいるうちにわかって来るようになっている――それがわかる箇所は後ほど引用します――のですけれども、引用した、作品の最初の部分からでは、すぐにそうとはわかりません。

芥川は、ほかにも同じように他人の体験を作者が書き記す、という形を取る小説をいくつも書いています。たとえば、『二つの手紙』という作品がありますが、その冒頭の部分は、次のようになっています。

或《ある》機会で、予《よ》は下に掲げる二つの手紙を手に入れた。一つは本年二月中旬、もう一つは三月上旬、――警察署長の許へ、郵税先払いで送られたものである。それをここへ掲げる理由は、手紙自身が説明するであろう。

まずは作者が、これから引用する手紙の来歴を明らかにしています。それに続いて、二通の手紙の文面が引用されるのです。そしてその後、作品の最後に再び作者が登場して、作品をまとめています。

それから、先は、殆《ほとんど》意味をなさない、哲学じみた事が、長々と書いてある。これは不必要だから、ここには省くことにした。

『二つの手紙』では、作者が語っている部分と、登場人物が語っている部分――手紙の内容が、切り離された別の次元のものとして書かれています。手紙に書かれている内容は、作者自身が直接体験したものではありません。手紙の内容にある事柄を体験したのは、その手紙を書いた人物です。作者は、たまたま手に入れた手紙――伝聞の事柄を、そのまま記録しているのです。つまり、手紙を記録している作者の言葉と、手紙の内容とが、はっきりと分けられているのです。

『猿』も、作者が体験したものではない伝聞の事柄だということはこれと共通していますけれども、その表現は、かなり違っています。『猿』では、こういうふうに明確な形で作者が現われて来ることはありません。この作品の語り手「私」が作者でないことは、次のようなところから判明するに過ぎません。

こう云っても、実際、それを見ないあなたには、とても、想像がつきますまい。私は、あなたに、あの涙ぐんでいる眼を、お話しする事は、出来るつもりです。あの急に不随意筋に変ったような、口角の筋肉の痙攣《けいれん》も、或《あるい》は、察して頂く事が出来るかも知れません。それから、あの汗ばんだ、色の悪い顔も、それだけなら、容易に、説明が出来ましょう。が、それらのすべてから来る、恐しい表情は、どんな小説家も、書く事は出来ません。私は、小説をお書きになるあなたの前でも、安心して、これだけの事は、云いきれます。

読者は、この部分を読んで、作者が「私」なのではなく、「私」から話を聞いている小説家だということがわかるのです。

『二つの手紙』では、作者が他人の手紙を手に入れて、それを記録しています。『猿』も、作者が他人の体験談を聞いてそれを記録しているのですから、その点では同じです。けれども、『猿』では、作品の最初から「私」によって語られていて、作者が顕在的に登場することがありません。「私」の語りの中で、自身が作者とは別の人物であることがにおわされているだけで、作者と「私」との境界は、頗る曖昧です。

「私」と「僕」

先ほどから書いているように、この作品の語り手は、自分のことを「私」と呼んでいます。ただ、この作品の中には、ごく一部にではありますけれども、語り手の呼び方が「私」ではない箇所もあるのです。

時計屋の一件は、初耳ですが、盗難に罹《かか》った者があるのは、僕たちも知っていました。何でも、兵曹《へいそう》が一人に、水兵が二人で、皆、金をとられたと云う事です。

僕は、まだ無経験だったので、そう云う事は、まるで知りませんでしたが、軍艦では蔵品が出ても、犯人の出ないと云う事が、時々あるのだそうです。

ふつうなら、作品の最初から最後まで、同じ人物であれば――殊にそれが語り手なのならなおさら――、同じ呼び方で統一されているものでしょう。これは、どういうことなのでしょうか。

むろん、文豪だって我々と同じ人間ですから、うっかり書き間違えてしまうことだって、絶対にないとは言えません。むしろ、そういうちょっとしたミスがあることで、かえって人間らしさを感じさせる、偉大な文豪が少し身近な存在に感じられる、という場合もあるでしょう。でも、何でもかんでも間違いで済ませてしまう前に、何か理由があってあえてそう書いている可能性はないのか、考えてみる価値はあると思います。それでもどうしても理由がわからなければ致し方ありませんけれども、何か理由らしいものが見つかるのであれば、それによって、作品がもう少しおもしろく読めて来るかもしれません。

猿と奈良島

『猿』の内容を、少し詳しく説明します。

「私」が士官候補生として乗り込んでいた軍艦の中で盗難事件が起こって、その犯人が奈良島という信号兵だということが判明しました。そこで信号兵に集合を命じたのですが、その中には当の奈良島の姿は見えませんでした。ですが、許可なく上陸することはできませんから、軍艦の中に隠れていることは確かです。そこで、軍艦の中で、奈良島の居場所を捜索することになります。

巡査が犯人を逮捕に行くとなると、向うが抵抗するかも知れないと云う不安があるでしょうが、軍艦の中ではそんな事は、万々《ばんばん》ありません。殊に、私たちと水兵との間には、上下の区別と云うものが、厳として、――軍人になって見なければ、わからない程、厳としてありますから、それが、非常な強みです。私は、殆《ほとんど》、勇躍して、艙口《ハッチ》を駈け下りました。

丁度、その時、私と一しょに、下へ来た連中の中に、牧田がいましたが、これも、面白くってたまらないと云う風で、後《うしろ》から、私の肩をたたきながら、

「おい、猿をつかまえた時の事を思出《おもいだ》すな。」と云うのです。

「うん、今日の猿は、あいつ程敏捷でないから、大丈夫だ。」

「そんなに高を括っていると、逃げられるぞ。」

「なに、逃げたって、猿は猿だ。」

こんな冗談を云いながら、下へ下りました。

(中略)――これは、余事《よじ》ですが、実際、奈良島をさがして歩く私たちの心もちは、この猿を追いかけた時の心もちと、可成《かなり》よく似ていました。


「猿をつかまえた時」というのは、以前、軍艦の中で砲術長が飼っていた猿が艦長の時計を持ってどこかへ行ってしまったことがあって、その猿を捕まえるために軍艦中皆で追いかけたのを指しています。引用したのとは別の個所ですが、軍艦の乗組員たちが、「永《なが》の航海で、無聊《ぶりょう》に苦《くるし》んでいた」という記述があって、退屈をまぎらわすための一種の娯楽のような感覚で、軍艦中総出で猿を探し回ったのです。

今回の追い掛ける相手はもちろん猿ではなく人間なのですけれども、軍隊は階級社会ですから、士官候補生の「私」と信号兵の奈良島の間には、厳然たる上下関係があります。それで、「私」や士官候補生仲間の牧田にとってみれば、奈良島は猿と同等の意味しか持っていなかったのです。ですから、奈良島を探している「私」の気持ちは、以前に猿を捕まえた時と変わりありませんでした。

そして、「私」は見事、奈良島を発見することに成功します。

私は、異常な昂奮《こうふん》を感じました。体中の血が躍るような、何とも云いようのない、愉快な昂奮です。銃を手にして、待っていた猟師が、獲物の来るのを見た時のような心もちとでも、云いましょうか。私は、殆、夢中で、その男にとびかかりました。そうして、猟犬よりもすばやく、両手で、その男の肩をしっかり、上からおさえました。

奈良島を捕まえた時の気分が、「愉快」と表現されています。奈良島が抵抗をせずに捕まえられたことに不満な感覚すら覚えますが、それも、せっかくの愉しみがあまりにもあっけなく終わってしまったからでしょう。ここでも、猿と同等か、それ以下にしか、奈良島を扱っていなかったことがわかります。

けれども、捕まえた奈良島の顔を見た途端、「私」からそんな気持ちはふっ飛んでしまうのです。

私は、あんな顔を、二度と見た事はありません。悪魔でも、一目見たら、泣くかと思うような顔なのです。（中略）私はその表情が、私の心にある何物かを、稲妻のように、たたき壊したのを感じました。それ程、この信号兵の顔が、私に、強いショックを与えたのです。

「貴様は何をしようとしているのだ。」

私は、機械的にこう云いました。すると、その「貴様」が、気のせいか、私自身を指している様に、聞えるのです。「貴様は何をしようとしているのだ。」――こう訊ねられたら、私は何と答える事が出来るのでしょう。「己《おれ》は、この男を罪人にしようとしているのだ。」誰が安んじて、そう答えられます。誰が、この顔を見てそんな真似が出来ます。こう書くと、長い間の事のようですが、実際は、殆、一刹那《せつな》の中に、こんな自責が、私の心の中に閃《ひらめ》きました。丁度、その時です、「面目《めんぼく》ございません」――こう云う語《ことば》が、かすかながら鋭く、私の耳にはいったのは。あなたなら、私自身の心が、私に云ったように聞えたとでも、形容なさるのでしょう。私は、唯《ただ》、その語が、針を打ったように、私の神経へひびくのを感じました。まったく、その時の私の心もちは、奈良島と一しょに、「面目ございません」と云いながら、私たちより大きい、何物かの前に、首がさげたかったのです。私は、いつか、奈良島の肩をおさえていた手をはなして、私自身が捕えられた犯人のように、ぼんやり石炭庫の前に立っていました。

この部分に、一箇所、自分のことを「己」と呼ぶところがありますけれども、ここはこれまでの「私」や「僕」とは違って、作者に思い出を語っている文脈の中で出て来るものではありません。士官候補生だった時点、おそらく二十歳そこそこだったと思われる若者が、自分のことを指している呼び方がそのまま書かれているもので、その当時の語り手が、「私」「僕」ではなく、「己」と言っていたと考えるのは自然です。「己」は、明確に使い分けられていると考えられますから、「私」と「僕」が混在しているのとは、性質が異なります。問題は、「私」と「僕」との混在です。

作者の呼び方

さて、芥川のほかの作品を見てみると、語り手が自身に対して「僕」という呼び方を使っているものもあります。

野呂《のろ》松《ま》人形を使うから、君も見に来ないかと云う招待が突然来た。招待してくれたのは、知らない人である。が、文面で、その人が、僕の友人の知人だと云う事がわかった。

（『野呂松人形』）

僕は、船のサルーンのまん中に、テーブルをへだてて、妙な男と向いあっている。——待ってくれ給え。その船のサルーンと云うのも、実はあまり確《たしか》でない。部屋の具合とか窓の外の海とか云うもので、やっとそう云う推定を下しては見たものの、事によると、もっと平凡な場所かもしれないという懸念がある。

（『MENSURA ZOILI《メンスラ ゾイリ》』）

これらはどちらも、『猿』と同じ時期に書かれた作品です。これらの作品の語り手は作者自身で、作者が自分の体験を、一人称で語る体裁の作品ですけれども、ここでは「私」ではなく「僕」という呼び方が使われています。作者が自分自身のことを、「僕」と呼んでいるのです。

ここから推《お》すと、『猿』に出て来る「僕」という呼び方は、語り手の一人称に、作者の一人称が混じってしまったものと考えられるのではないかと思います。ただし、ここで混じっているというのは、ミス、間違いということではありません。あえてその言葉が混ぜられているのではないか、ということです。

ここで、これまでに見て来たことを、振り返ってみることにします。

まず、「私」と奈良島の関係です。

奈良島を追いかけ始めた時点では、「私」と奈良島との間には、士官候補生と信号兵という明確な上下関係が、「厳として」存在していました。「私」にとって、奈良島は猿に等しい存在で、その心情を思いやったり安否を気遣ったりするような関係としては認識されていませんでした。

それが、捕まえた奈良島の顔を見た途端に、「私」の気持ちは一変します。「私」と奈良島との間に存在していた境界が、「私」の中で崩れてしまったのです。これまで引用して来た文の中から、それを表わしている部分を再度抽き出します。

すると、その「貴様」が、気のせいか、私自身を指している様に、聞えるのです。

あなたなら、私自身の心が、私に云ったように聞えたとでも、形容なさるのでしょう。

まったく、その時の私の心もちは、奈良島と一しょに、「面目ございません」と云いながら、私たちより大きい、何物かの前に、首がさげたかったのです。

私は、いつか、奈良島の肩をおさえていた手をはなして、私自身が捕えられた犯人のように、ぼんやり石炭庫の前に立っていました。


「私」が奈良島に対して言った「貴様」が、自分に向けられたもののように感じられ、奈良島が「私」に対して言った「面目ございません」という言葉が、「私自身の心」が言ったもののように感じられるのです。さらに、それまで猿扱いしていた奈良島を「私たち」

という関係で捉えていることも、見逃すことのできない心境の変化でしょう。「私」と奈良島と――士官候補生と信号兵と、猟師と獲物と、捕える者と捕えられる者と、という関係の、「厳として」存在していたはずの境界が崩れて、自己の世界と他者の世界が混じり合うことになるのです。それで、「私」は、「捕えられた犯人のように」立ち尽くすしかありませんでした。

次に、作者と語り手との関係です。

この作品は、先ほども書いたとおり、作者が明確な形では現われていません。語り手の語りの中で、作者が語り手とは別にいるのだということが、推測されるだけです。つまり、作者と語り手との境界が、非常に曖昧なものになっているのです。読者は、語られている内容が、作者の体験した話なのかそうではないのか、はっきりしないままに作品を読み進めることになります。

もちろん、作者自身の体験ではないことを窺わせる表現はあるのですけれども、それが明確な形で示されているわけでもありません。作者の世界と語り手の世界は、別々のものではありますけれども、その境界は、実にもやっとしていて、完全に切り離すことができないのです。

つまり、この『猿』という作品は、「私」と奈良島――士官候補生と信号兵――という、本来ならはっきりと区別されているはずの境界が崩れて混じり合ってしまう話だと言えるのですが、そういう話を書くうえで、作者と語り手という、こちらもはっきりと区別されるはずの境界も曖昧にして作品全体から境界を取り払うことによって、作品の世界をより効果的なものにしようとしているのではないかと思います。

或海軍士官の話

最後に、作品のタイトルについて一言しておきます。

この作品のタイトルは、現在ふつうに見ることのできるのは『猿』なのですけれども、最初に『新思潮』という雑誌に発表された時には、それに「或海軍士官の話」というサブ・

タイトルが添えられていました。それが、芥川の最初の単行本『羅生門』（阿蘭陀《おらんだ》書房）に収められる際に削除されて、現在のタイトルになったのです。

士官候補生だった「私」は、間もなく士官になったはずです。最初に引用した部分にあった「やっと半玉（中略）の年期も終ろうと云う時」から言っても、それは間違いないことですから、もともとのサブ・タイトルにおかしなところはありません。それなのに、芥川は、何故それを削除したのでしょうか。

作品のタイトルというのは非常に重要なもので、作品の全体を方向づける、その作品のキーになるような情報が付けられていることも多々あります。夏目漱石など、ずいぶんいい加減な付け方をした『彼岸過迄』のようなタイトル――新聞の連載小説を彼岸過ぎまで続けよう、という意味だそうです――もありますけれども、読者の目に最初に触れるのはタイトルですし、一般的に、作品にとってタイトルが大切なものであることは、間違いないでしょう。

実は、芥川はサブ・タイトルを付けるのがあまり好きではなかったのか、ほかの作品を見ても、サブ・タイトルが付けられていることはほとんどありません。単行本『羅生門』に収められている『猿』以外の作品にもサブ・タイトルは付いていませんから、単純に、ほかのものに合わせただけ、という考え方をすることもできるかもしれません。

それにしても、「猿」を選んだ――言い換えれば「或海軍士官の話」を選ばなかった――ことの理由を考えるのは、無意味ではないと思います。

芥川には、『首が落ちた話』とか『或敵討《かたきうち》の話』というタイトルの作品もあるわけですから、「或海軍士官の話」がタイトルとしてふさわしくない、とはかならずしも言えません。一方、『虱《しらみ》』『酒虫《しゅちゅう》』『貉《むじな》』のような例からすれば、『猿』も、これらと同じようなタイトルの付け方だ、ということになりそうです。

そんな面倒くさいことを考えずに、機械的に元のタイトルを残してサブ・タイトルを削除しただけだ、と言ってしまえば至極簡単で、そういう単純な考え方に真実が含まれている場合も多いのですけれども、ここではもう少しこだわって、「猿」が残された理由について、考えてみたいと思います。

先ほど例としてあげた『虱』『酒虫』『貉』について見てみますと、『虱』は、「京都守護の任に当っていた、加州家の同勢《どうぜい》」が乗り組んでいた船の中で起こった「虱」をめぐる騒動の話です。『酒虫』は、身体の中に「酒虫」が住んでいた劉大成という素封家の話、『貉』は、人を化かすと言われている「貉」について考察している話です。いずれも、「虱」「酒虫」「貉」が作品の中で大きな役割を占めています。

それに対して、『猿』はそうではありません。この作品は、奈良島による盗難事件がメインで、「猿」は、それに添えられているエピソードを示すものに過ぎません。『猿』というタイトルは、一見、『虱』などと同じようなものに見えますけれども、実際には少し違うようです。そう考えると、「或海軍士官の話」を残すという選択肢も、十分にありえたのではないかと思います。けれども、芥川はそうはしませんでした。

もし、タイトルとして「或海軍士官の話」を選んだとしたら、どうだったのでしょうか。

その場合は、タイトルによって、この作品が「或海軍士官の話」であることが明確に示されることになります。作品の内容が、「或海軍士官」が作者に思い出話を語ったものだという枠組みが、タイトルによって設定されるのです。

この作品が、「或海軍士官の話」であるのには違いありません。けれども、それをタイトルにしてしまったら、作品に、「或海軍士官の話」という枠組みができてしまいます。これまで見て来たとおり、この作品では、作者と語り手、「私」と奈良島——捕える者と捕えられる者——という、本来ならはっきりと区別されているはずの境界が、取り払われて混じり合ってしまうように書かれていました。けれども、もしタイトルで「或海軍士官の話」を選んだとしたら、せっかく作品の中から取り払ったはずの境界を、タイトルによってはっきりと示してしまうことになります。そうなったら、タイトルが内容と相反するような、効果を打ち消すようなものになってしまうでしょう。それが、「或海軍士官の話」を選ばなかった理由だと考えて良いだろうと思います。

それでは、もうひとつ、何故、「猿」なのでしょうか。

この作品は、先ほども書いたように「猿」を中心とした話ではありません。けれども、タイトルとして選ばれたのは『猿』なのです。

「猿」の騒動は、次のような結末を迎えます。

あとで猿は、砲術長の発案で、満二日、絶食の懲罰を受けたのですが、滑稽ではありませんか、その期限が切れない中に、砲術長自身、罰則を破って、猿に、人参や芋を、やってしまいました。そうして、「しょげているのを見ると、猿にしても、可哀そうだからな。」と、こう云うのです。

盗みを働いた猿は、懲罰を受けることになります。けれども、相手は猿なのですから、「私」からすれば、別段同情するような気持ちが起こることはなかったでしょう。奈良島を探している時に牧田と交わした会話からも、この猿の追跡が、単なる楽しい出来事だったのを、感じ取ることができます。猿のことを思いやるような心情など、あるはずもありません。

けれども、砲術長の気持ちは少し違っていました。盗みを働いたことに対して懲罰を課したのは砲術長ですけれども、猿の様子を見て、「猿にしても、可哀そうだ」という同情心を持ったのです。

盗みを働いた奈良島に対して、「私」は最初、この時の猿に対するのと同じ気持ちしか持っていませんでした。それが、捕まえた奈良島の様子を見て、それまでとは違った感情を持つに至ります。つまり、砲術長と猿の関係は、そこまで深刻なものではないにせよ、「私」と奈良島の関係と重なるのです。

はっきりと分けられるはずのふたつの世界――人間と猿と、士官候補生と信号兵と、作者と語り手と――が混じり合うこの作品の内容を象徴するのにふさわしいものとして選ばれたのが、『猿』というタイトルだったのではないでしょうか。

この作品が発表された雑誌の同じ号に、芥川は、次のような一文を寄せています。

僕の書くものを、小さく纏《まとま》りすぎていると云うて非難する人がある。しかし僕は、小さくとも完成品を作りたいと思っている。芸術の境に未成品はない。大いなる完成品に至る途は、小なる完成品あるのみである。流行の大なる未成品の如きは、僕にとって何の意味もない。

（「校正後に」）

芥川の、小説に対する考え方が、端的に表明されています。『猿』も、短い作品ですけれども、「小なる完成品」だという自負があったのでしょう。単行本への収録の際にタイトルを修正したのも、その完成の度合いをさらに高めようという意志の現われだったのではないかと感じます。

おわりに

壱、思い込みで読んではいけない、ということ

芥川龍之介に、『蜜柑』という作品があります。著者は、中学校の頃だったと思いますが、国語の教科書に載っていて、教わった記憶があります。それ以来、何度も読み返した作品ですけれども、実は、長いことちょっとおかしなところがあると思っていました。そのことを、書いてみようと思います。『蜜柑』の冒頭の部分です。

或《ある》曇った冬の日暮である。私《わたくし》は横須賀発上り二等客車の隅に腰を下して、ぼんやり発車の笛を待っていた。とうに電燈のついた客車の中には、珍しく私の外に一人も乗客はいなかった。

非常に個人的な話ですけれども、著者は子供の頃から長く横浜に暮らしていた関係で、横須賀線には良く乗りました。その当時——昭和の終り頃——の横須賀線の車輌は、ボックスシートというタイプの座席でした。ボックスシートという鉄道用語をご存じない方もいらっしゃるかと思いますので、手許にあった本の記述を参考までに抜粋しておきます。なお、ボックスシートのことは、「クロスシート」の説明の中に書かれています。

クロスシート　列車の進行方向に対して直角（「枕木方向」と通称）に設置する腰掛のタイプ。固定式・転換式・回転式などの種類がある。固定式の2人掛け席を4人が向かいあう形に配置したものを、特に「ボックスシート」とも呼ぶ。

ロングシート　列車の進行方向に対して並行（「線路方向」と通称）に設置する腰掛のタイプ。数人が横一列に並んで座ることから、ロングシートと呼ばれる。

（土屋武之『ビジュアル図鑑　鉄道のしくみ　基礎編　すぐわかる鉄道の基礎知識』ネコ・パブリッシング）

件《くだん》の横須賀線は、このボックスの間隔が非常に狭くて、姿勢良く坐っても、自分の膝が前に坐っている人の膝とぶつかる、窓側の席に坐ったら、降りる時には通路側の人に退いてもらわなければ通路に出ることができない、という代物でした。日本人の体格が大きくなったから、という理由ではとても説明し切れないほど、狭かった記憶があります。

芥川の頃は電車ではなくて蒸気機関車が引っ張る客車だったわけですけれども、学校で教わって以来、『蜜柑』を読む時にはずっと、実際に乗ったことのあるこの横須賀線の車輛のイメージが頭の中にありました。つまり、「私」がボックス席の一角に一人で坐っていた、という映像です。二等客車というのは現在のグリーン車に相当しますから、なおさら、この映像の確かさを裏打ちしてくれそうです。こと横須賀線に限らず、グリーン車がボックスシートであることに、違和感はないでしょう。

さて、発車の笛の音とともに飛び込んで来た少女が、「私」の前の席に坐ります。

私は漸くほっとした心もちになって、巻煙草に火をつけながら、始めて懶《ものう》い睚《まぶた》をあげて、前の席に腰を下していた小娘の顔を一瞥《いちべつ》した。

ここが、かなりの疑問です。「私の外に一人も乗客はいなかった」——座席はガラ空きだったはずなのに、何故、この少女は「私」の目の前の座席に坐ったのでしょうか。学校で教わった時、先生が、少女は汽車に乗り慣れていなくて不安だったから、人のいる近くの座席を選んだのだ、と説明してくれたような記憶がかすかにあるのですが、それにしてもすぐ近くのボックス席はすべて空いているのですから、わざわざ「私」の前の席に坐るのは、腑に落ちないところがあります。これに続く部分に、

それは油気のない髪をひっつめの銀杏返《いちょうがえ》しに結って、横なでの痕のある皸《ひび》だらけの両頰を気持の悪い程赤く火照《ほて》らせた、如何にも田舎者らしい娘だった。（中略）最後にその二等と三等との区別さえ弁えない愚鈍な心が腹立たしかった。

とあることから、この不審な行動は、少女が「田舎者」だということと、「愚鈍な心」が原因だということで、説明する以外ないのかもしれません。

それから幾分《いくふん》か過ぎた後であった。ふと何かに脅《おびやか》されたような心もちがして、思わずあたりを見まわすと、何時の間にか例の小娘が、向う側から席を私の隣へ移して、頻《しきり》に窓を開けようとしている。

これまたかなり異常な行動です。「私」が通路側の席に坐っているのだとしたら窓側の座席は空いているので、「私の隣」に移動して窓を開けることは可能でしょう。けれども、何もわざわざその位置に移らなくても、少女が坐っていた隣の窓側の席に坐りさえすれば窓を開けられるはずです。一体何故、「私の隣」に来て窓を開けようとしたのでしょうか。少女の坐った側では、窓が開けにくい何かがあったのでしょうか。

強いて言えば、次の場面と関係があるのかもしれません。

するとその瞬間である。窓から半身《はんしん》を乗り出していた例の娘が、あの霜焼《しもや》けの手をつとのばして、勢《いきおい》よく左右に振ったと思うと、忽ち心を躍らすばかり暖《あたたか》な日の色に染まっている蜜柑が凡そ五つ六つ、汽車を見送った子供たちの上へばらばらと空から降って来た。私は思わず息を呑んだ。そうして刹那に一切を了解した。小娘は、恐らくはこれから奉公先へ赴こうとしている小娘は、その懐《ふところ》に蔵していた幾顆《いくか》の蜜柑を窓から投げて、わざわざ踏切りまで見送りに来た弟たちの労に報いたのである。

弟たちに蜜柑を投げるのに、「私の隣」からの方が、都合が良かったのでしょう。利き腕の側が広く開いていなければ、思い切り腕を振ることはできませんから、最初に坐った席が、腕を振りにくい位置だったのであれば、そのスペースを確保するために移動した可能性があります。もっとも、別のボックス席からでは駄目なのか？　ということは相変わらず解決できないのですけれども……。

くだらない長話にお付き合いさせて申し訳ありません。昔の横須賀線に馴染みのない方には馬鹿みたいな話で、とっくに結論はおわかりかもしれませんけれども、かならずしも著者だけではなく、周りにも同じような疑問を持っていた人はいました。著者の教わった学校の先生も、同じように考えていたものと思います。

真実は簡単な話で、芥川の頃の横須賀線の二等客車の座席はロングシートだったのです。車体幅の狭い昔の車輌だと、ロングシートの方がかえって快適だった、ということもあるようです。余談ですが、小津安二郎の映画に出て来る横須賀線も、やはりロングシートでした。（ちなみに、現在の横須賀線はロングシートで一部車輌のみセミクロスシート――ロングシートとクロスシートを組み合わせたもの――、というタイプになっています。）

そうだとわかっていれば、『蜜柑』の描写には、何も不思議なところはありません。どんなに空いていても、ロングシートなら向い側に坐るのは別段おかしなことではありませんし、蜜柑は弟たちが見送りに来ている側から投げる必要があるのですから、そちら側に移るのも当然です。ボックスシートだと思っているから「私の隣」というのがおかしく感じられるだけで、ロングシートならまったくおかしくはありません。それに、隣といっても、そんなに密着したところに移ったわけではないのでしょう。

要するに、思い込みは禁物、ということなのです。本書で取り上げた問題で言えば、『大根の月』で、「よく晴れた、昼下がり」なら、きっと月が見えるのだろうと思い込んでいたり、『猿』で、作者が自身のことをいろいろな呼び方で呼んでいるのが単なる間違いだと端《はな》から決めつけてしまったりすることで、作者が工夫を凝らして書いたせっかくのおもしろい場面が、おもしろく読めなくなってしまうように思います。

弐、「とんでもございません」についての追記

前著『［文法］であじわう名文』の中で、形容詞の丁寧な言い方について取り上げました。その中で、形容詞連用形のウ音便＋「ございます」の形で、「……うございます」が

本来の形だったはずだ、ということを書きました。「かたじけのうございます」とか「なつかしゅうございます」のようなものです。ただ、その時に、「とんでもない」に対する「とんでものうございます」という形は見たことがない、とも書きました。そのことに対する追記のようなことを記しておきます。

日影丈吉の『彼岸まいり』という作品に、こういう例がありました。この作品は、昭和三三年（一九五八）に発表されたもので、タイトルを見ると、古風な日本情緒溢れる作品のように思われそうですけれども、実際には一種のＳＦ小説で、未来の社会で、宇宙に作られた墓地に墓参に出掛けるお話です。

「この前、まいりました時は、たしか……」
「この前は、いつ、お出でになりました」
「ちょうど五年前、主人の七回忌の時に」

「ええ……でしたら、その時はまだ……この式に改良されましたのは、一昨々年《さきおととし》からですわ」

「そうですか、あの頃は、お危のうございましたね」と、いうと、昔者《むかしもの》らしい、スーツを着た老婦人は、あはあはと笑った。

（二）

形容詞「危ない」の連用形「危なく」のウ音便「危のう」に「ございます」が付けられています。こういう言い方が昨今あまり使われることがないのは、ご存知のとおりです。

最近「正しい言い方」とされているのは、形容詞の連体形に「ことでございます」を付けるやり方です。先ほど引用した会話の主と同じ作品の中の、同じ人物の会話文の中に、その例もありました。

「自殺なんて、伝染病のようなもので、ございますね」

「そう申せましょうね……現代ではもう、精神性の伝染病以外にはなくなりましたから」

「ほんとに恐ろしいことで、ございます……はじめ、どなたか一人、試しにおやりになると、すぐ真似をする方が出てくるのですからね……はじめは学生さんでしたか、いきなりタグボートの手すりを乗りこえて、外へ飛び出したんで、ございますってね」（一）

「なかには、もっと積極的なのも、いたんだよ……宇宙服を脱ぎ捨てて、ぱッと飛び出したのがある……これは生身《なまみ》で、いきなり真空の中に入ったから、内臓が破裂して、いっぺんにオジャンさ……そんなこんなで旧式のタグロケットは、禁止されたんだ」

「ほんとに恐ろしいことで、ございます」

七十歳の中年婦人は、同じ文句を繰り返した。（一）

「危ない」は「……うございます」式でしたけれども、こちらはそうはなっていなくて、

「……ことでございます」式になっています。ここで使われている「恐ろしい」も、もともとは先のものと同じように、連用形に「ございます」を付けて、「恐ろしゅうございます」という言い方をされていたはずです。

『彼岸まいり』では、やはり同じ人物の会話文の中に、「とんでもない」の丁寧な言い方の例も出て来ます。


「そんなに、お客が喜ぶものを、模様変えする必要はないじゃないか？」

「いえ、あなた……真空の中に出ることは禁止になったんでございますよ」と、婦人がすかさず口をはさんだ。

「禁止ですって、まさか、あなたが五年前に、政府に陳情書を出したわけじゃあ、ありますまいね……」

「飛んでもございません……新聞でお読みになりませんでしたか」

「さあ、三年前のことではね？」

（二）

「とんでもない」の「ない」を「ございません」に変えた形で、一語の形容詞を「とんでも」と「ない」のふたつの部分に分割してしまっていることから、こういう言い方は、現在では「誤り」だとも考えられています。

この作品では、「危ない」に対しては本来の形と考えられる「……うございます」の形が、「恐ろしい」に対してはそれより新しい、現在正しいと見なされている「……ことでございます」の形が、「とんでもない」に対しては、さらに新しい形と思われ、誤った語形とも考えられている「……ございません」の形が、すべて使われているのです。しかも、前に書いたとおり、すべて同じ人物の会話文においてです。

「とんでもございません」という語形が使われている古い例として、昭和二年（一九二七）に発表された宮本百合子の『海浜一日《いちじつ》』という作品が指摘されています。前著に「とんでもありません」と使われている例としてあげた宮澤賢治の『月夜のけだもの』も、執筆年は未詳ですけれども、賢治が昭和八年（一九三三）に没していますから、宮本のものとほぼ同じ頃のものと考えて良いでしょう。ですから、『彼岸まいり』の例は特別古いというわけではないのですけれども、短い作品の中に、形容詞の丁寧な言い方の作り方が新旧取り交ぜて三通りも出て来たので、ここで取り上げてみました。

ここからわかるのは、当たり前のことですけれども、「……うございます」が堅苦しく感じられるようになったら、その形を持つ言葉が一斉に別の形に置き換えられる、という単純な変化をするわけではないということです。杓子定規に、こういう言い方は正しい、こういう言い方は間違いだ、と決めつけることはなかなかできないのです。

別の例をあげますと、いわゆる「ら抜き言葉」というものがあります。本来、「見られる」「食べられる」というべきところを、「見れる」「食べれる」と言うようなもので、傍線を引いた「ら」が抜けたように見えるので、一般にそう呼ばれています。最近の若者の言葉の変化として、侃侃諤諤、いろいろな議論があるものです。

たしかに「見れる」なんていう言い方、昔はしなかった――そういう感覚は、それほど年配でない方でもお持ちになっている場合が少なくないでしょう。若い方でも、畏まった場では使わないように心がけている、ということもあると思います。

実際の「ら抜き」の例をいくつかあげておきましょう。こういうものを見たら、まったく近頃の若い者は……と言いたくなるかもしれませんけれども、実はひとつ目が大正八年（一九一九）に、明治二〇年（一八八七）生まれの葛西善蔵が書いたもの、ふたつ目はもう少し新しい昭和四一年（一九六六）のものですけれども、書いたのは獅子文六、明治二六年（一八九三）生まれの人物です。なお、一例目の最後の「気もされた」というのは、「淋しい気がされた」の章で取り上げたのと似たような使い方ですね。

彼はこの種を蒔いたり植え替えたり縄を張ったり油粕《あぶらかす》までやって世話した甲斐もなく、一向に時が来ても葉や蔓ばかし馬鹿延びに延びて花の咲かない朝顔を余程皮肉な馬鹿者のようにも、またこれほど手入れしたその花の一つも見れずに追い立てられて行く自分の方が一層の惨めな痴呆者《たわけもの》であるような気もされた。（『子をつれて』一）

もっと先へ行って、合羽橋《かっぱばし》停留所附近になると、今度は、食品関係の器具の店ばかりになる。食品に関係があるだけで、食べれるものは一つもない。もっとも、温かそうなホット・ドッグや、カレー・ライスなぞも、店頭に列《なら》んでるが、これが、やはり食えない。すべて、食堂の見本の蠟細工《ろうざいく》である。
(『ちんちん電車』上野——浅草)

なお、『日本国語大事典』(小学館)の「見れる」の項目には、昭和八年(一九三三)の川端康成の『二十歳』の例もあげられています。もっとも、川端は先のお二方より若い、明治三二年(一八九九)生まれではありますけれども……。

では、次に、こんな例はどうでしょうか。

陰気な客間《ザラ》は少時《しばらく》の間、湯沸《サモワル》のたぎる音の外には、何の物音も聞えなかった。
「昨夜《ゆうべ》はよく眠られたかね?」

郵便物に眼を通してしまうと、トルストイは何と思ったか、こうトゥルゲネフへ声をかけた。

「よく眠られた。」

トゥルゲネフは新聞を下した。そうしてもう一度トルストイが、話しかける時を待っていた。

（芥川龍之介『山鴫』）


「尾田さん。」

と佐柄木が呼ぶのであった。

「はあ。」

と尾田は返して、再びベッドを下りると佐柄木の方へ歩いて行った。

「眠られませんか。」

「ええ、変な夢を見まして。」

（北条民雄『いのちの初夜』）

芥川の例が、先ほどの葛西善蔵のものと同じ大正九年（一九二〇）、北条の例が昭和一一年（一九三六）のものです。ここでは「眠る」の可能表現として、「眠られる」（「―た」「―ません」）という言い方が使われています。この言い方を、どのように感じられるでしょうか。「眠られる」は四段動詞「眠る」の未然形に助動詞「れる」が付いた形で、文法的にはまったく問題がないのですけれども、現在において、「ら抜き」を厳しく非難する方でも、「眠られる」は使わずに、「眠れる」と言うのではないでしょうか。でも、理屈のうえから言えば、「眠れる」も立派な「ら抜き」なのです。

言葉は時代とともに変化するものです。だからどんな言い方をしても間違いではないのだ、とはむろん言えないのですけれども、少なくとも、形容詞の丁寧な言い方にしろ、「ら抜き」にしろ、理論的にこれが正しい、ということをすべての言葉に一律に当てはめて論じることはできない、ということは、心に留めておく必要があるだろうと思います。

ところで、先ほど、「いわゆる『ら抜き』言葉」とか、「『ら』が抜けたように見える」と書いたことを、簡単に説明しておきます。

「見られる」が「見れる」になったのを見ると、「ら」が抜けたように思われがちですけれども、実はそうではなくて、「mi-ra-re-ru」の「a-r」が抜けて「mi-re-ru」になっているのです。どうしてそんなことが言えるのかというと、「ら抜き」ではない「行かれる」が「行ける」になるのも同じ現象だと考えるべきだからで、これも、「i-ka-re-ru」の「a-r」が抜けて「i-ke-ru」になっています。つまり、「ら」が抜けた場合だけ考えていても、実はこの問題はわからないのです。これは直接の関係はないのですが、付け加えました。

参、月の入の時刻

先ほど、『月夜のけだもの』の名前をあげましたが、この作品について、本書の内容に引き寄せて少し説明しておきましょう。

冒頭の一文と、末尾近くの部分を引いておきます。

十日の月が煉瓦塀《れんがべい》にかくれるまで、もう一時間しかありませんでした。

獅子は葉巻をくわえマッチをすって黒い山へ沈む十日の月をじっと眺めました。
そこでみんなは目がさめました。十日の月は本当に今山へはいる所です。

ここから、この作品が月が沈むまでの一時間ほどの間のお話だということがわかります。月のことがわかっていないと、「西の煉瓦塀にかくれるまで、もう一時間しかありませんでした」とあるのを見たら、何となく夜明け間近の時刻のようにも思ってしまいそうです。けれども、冒頭の部分に「十日の月」とあることから、そうではないことがわかります。十日の月の月の入は午前二時頃です——25ページの表をご参照ください——から、この作品は、その一時間ほど前、午前一時頃から始まるお話だということです。
厳密にいえば、冒頭の「煉瓦塀」と末尾の「黒い山」とではちょっと違うような気もしますけれども、末尾の場面の時刻は午前二時頃——「黒い山」だとしたらそれより少し早い午前一時半過ぎ、といったところでしょうか——、いずれにしても、まだまだ夜が続く時間帯であることは、間違いのないところです。それをわかって作品を読むのと、何となくの感覚でもう間もなく朝になるようなつもりで読むのとでは、作品から受ける印象が、だいぶ違って来てしまうのではないでしょうか。

月の出や月の入は、現代の生活の中ではあまり身近に感じられるものではないかもしれませんけれども、古典文学はもちろんのことですが、実は近代の文学を読むうえでも、そういう知識を持っていることで、作品がよりおもしろく読めるのだということは、知っておいて良いでしょう。

＊　＊　＊

さて、重箱の隅にあったご馳走の味は、いかがだったでしょうか。

次はぜひとも、いろいろな重箱の隅から、ご自身でおいしいご馳走を見つけてあじわっていただきたいと思っています。

平成二九年　巴里祭の日に

著者識

読書案内

本書で取り上げた作品を、一覧にしておきます。比較的手に入れやすい文庫本を、〔　〕書きで上げておきましたので、原文を実際にお読みいただきたいと思います。

◆「大根の月」

向田邦子

『思い出トランプ』…昭和五五年（一九八〇）。〔新潮〕。

◆「淋しい気がされた」

志賀直哉

『暗夜行路』…大正一〇～昭和一二年（一九二一～一九三七）。〔岩波〕〔新潮〕。

『山科の記憶』…大正一四年（一九二五）。〔岩波『万暦赤絵　他二二篇』〕。

長谷川時雨
『旧聞日本橋』…昭和四～昭和七年（一九二九～一九三二）。〔岩波〕。
吉村昭
『三陸海岸大津波』（『海の壁　三陸海岸大津波』）…昭和四五年（一九七〇）。〔文春〕。

◆「男の癖に……」

太宰治
『ヴィヨンの妻』…昭和二二年（一九四七）。〔角川〕〔新潮〕〔文春『ヴィヨンの妻・人間失格ほか』〕。
森鷗外
『山椒大夫』…大正四年（一九一五）。〔岩波『山椒大夫・高瀬舟　他四篇』〕〔角川『山椒大夫・高瀬舟・阿部一族』〕〔新潮『山椒大夫・高瀬舟』〕〔文春『舞姫・鴈・阿部一族・山椒大夫　他八篇』〕。

直木三十五

『近藤源太兵衛』…大正一三年（一九二四）。

夏目漱石

『道草』…大正四年（一九一五）。〔岩波〕〔新潮〕〔集英社〕〔ちくま『夏目漱石全集8』〕。

司馬遼太郎

『本所深川散歩』…平成二年（一九九〇）。〔朝日『街道をゆく　三六　本所深川散歩、神田界隈』〕。

池波正太郎

『血頭の丹兵衛』…昭和四三年（一九六八）。〔文春『鬼平犯科帳　一』〕。

芥川龍之介

『羅生門』…大正四年（一九一五）。〔岩波『羅生門・鼻・芋粥・偸盗』〕〔角川『羅生門・鼻・芋粥』〕〔講談社『藪の中』〕〔集英社『地獄変』〕〔小学館『羅生門・地獄変』〕〔新潮『羅生門・鼻』〕〔ちくま『芥川龍之介全集1』〕〔ハルキ『蜘蛛の糸』〕〔文春『羅生門・

蜘蛛の糸・杜子春　外十八篇』。
『道祖問答』…大正五年（一九一六）。〔ちくま『芥川龍之介全集1』〕。

◆「私・僕・己」

芥川龍之介

『芸術その他』…大正八年（一九一九）。〔ちくま『芥川龍之介全集7』〔岩波『芥川龍之介随筆集』〕。

『猿』…大正五年（一九一六）。〔岩波『蜜柑・尾生の信　他十八篇』〔角川『トロッコ・一塊の土』〔新潮『蜘蛛の糸・杜子春』〔ちくま『芥川龍之介全集1』〕。

『二つの手紙』…大正六年（一九一七）。〔岩波『蜜柑・尾生の信　他十八篇』〔ちくま『芥川龍之介全集1』〔ちくま『芥川龍之介集　妖婆　文豪怪談傑作選』〕。

『野呂松人形』…大正五年（一九一六）。〔岩波『蜜柑・尾生の信　他十八篇』〔角川『羅生門・鼻・芋粥』〔ちくま『芥川龍之介全集1』〕。

『MENSURA ZOILI』…大正六年（一九一七）。〔岩波『蜜柑・尾生の信　他十八篇』〔角川『羅生門・鼻・芋粥』〕〔ちくま『芥川龍之介全集1』〕。

◆「おわりに」

芥川龍之介

『蜜柑』…大正八年（一九一九）。〔岩波『蜜柑・尾生の信　他十八篇』〔角川『舞踏会・蜜柑』〕〔ちくま『芥川龍之介』〕〔ちくま『芥川龍之介全集3』〕。

『山鴫』…大正九年（一九二〇）。〔ちくま『芥川龍之介全集4』〕。

日影丈吉

『彼岸まいり』…昭和三三年（一九五八）。〔河出『日影丈吉傑作館』〕。

葛西善蔵

『子をつれて』…大正九年（一九一九）。〔講談社文芸『哀しき父　椎の若葉』〕。

獅子文六

『ちんちん電車』…昭和四一年（一九六六）。〔河出〕。

北条民雄
『いのちの初夜』…昭和一一年（一九三六）。〔岩波『日本近代文学短篇小説選　昭和篇1』〕。

宮澤賢治
『月夜のけだもの』…執筆年未詳。〔ちくま『宮沢賢治全集7』〕。

新典社新書 74

重箱の隅から読む名場面

2018 年 1 月 10 日　初版発行

著者 ——— 馬上駿兵
発行者 ——— 岡元学実
発行所 ——— 株式会社 新典社
〒101-0051　東京都千代田区神田神保町1-44-11
編集部：03-3233-8052　営業部：03-3233-8051
ＦＡＸ：03-3233-8053　振　替：00170-0-26932
http://www.shintensha.co.jp/　E-Mail:info@shintensha.co.jp

印刷所 ——— 惠友印刷 株式会社
製本所 ——— 牧製本印刷 株式会社

ISBN 978-4-7879-6174-7　C0295

定価はカバーに表示してあります。
乱丁・落丁本は、お取り替えいたします。小社営業部宛に着払でお送りください。